Dani Collins
Un ruso implacable

Editado por Harlequin Ibérica.
Una división de HarperCollins Ibérica, S.A.
Núñez de Balboa, 56
28001 Madrid

© 2014 Dani Collins
© 2015 Harlequin Ibérica, una división de HarperCollins Ibérica, S.A.
Un ruso implacable, n.º 2391 - 3.6.15
Título original: The Russian's Acquisition
Publicada originalmente por Mills & Boon®, Ltd., Londres.

Todos los derechos están reservados incluidos los de reproducción, total o parcial. Esta edición ha sido publicada con autorización de Harlequin Books S.A.
Esta es una obra de ficción. Nombres, caracteres, lugares, y situaciones son producto de la imaginación del autor o son utilizados ficticiamente, y cualquier parecido con personas, vivas o muertas, establecimientos de negocios (comerciales), hechos o situaciones son pura coincidencia.
® Harlequin, Bianca y logotipo Harlequin son marcas registradas por Harlequin Enterprises Limited.
® y ™ son marcas registradas por Harlequin Enterprises Limited y sus filiales, utilizadas con licencia. Las marcas que lleven ® están registradas en la Oficina Española de Patentes y Marcas y en otros países.
Imagen de cubierta utilizada con permiso de Harlequin Enterprises Limited. Todos los derechos están reservados.

I.S.B.N.: 978-84-687-6141-1
Depósito legal: M-7985-2015
Impresión en CPI (Barcelona)
Fecha impresion para Argentina: 30.11.15
Distribuidor exclusivo para España: LOGISTA
Distribuidor para México: CODIPLYRSA
Distribuidores para Argentina: Interior, DGP, S.A. Alvarado 2118.
Cap. Fed./Buenos Aires y Gran Buenos Aires, VACCARO HNOS.

Capítulo 1

Echo de menos pasear contigo.

Clair Daniels se preguntó si alguien, algún día, le escribiría a ella algo tan romántico. Entonces pensó en los altibajos emocionales que había sufrido Abby durante meses debido a lo que se denominaba «amor». Ser independiente era más seguro y se sufría menos, se recordó a sí misma. Ya lo había pasado suficientemente mal durante las dos últimas semanas debido a la pérdida de un hombre que había sido únicamente su amigo y consejero.

A pesar de todo, ocultó la envidia que sentía y le devolvió la nota a Abby al tiempo que, con una sonrisa, dijo:

—Qué bonito. La boda es este fin de semana, ¿verdad?

Abby, la recepcionista de la empresa, asintió mientras volvía a colocar la tarjeta en el extravagante ramo de flores que Clair había admirado.

—Le estaba diciendo a todo el mundo que... —Abby indicó a las mujeres que estaban tomando el café de la mañana— le he enviado un mensaje por el móvil diciéndole que, a partir del sábado, podremos levantarnos juntos el resto de nuestras vi...

Abby se interrumpió al darse cuenta de con quién estaba hablando.

Las otras mujeres bajaron la mirada.

Clair se aclaró la garganta. Ella nunca se había acostado con nadie, pero no podía revelarlo. La cláusula de confidencialidad con Victor van Eych le impedía hacer semejante confesión.

No obstante, sabía que todo el mundo creía que la relación con su jefe había ido más allá de la relación profesional entre secretaria y jefe. Le habían molestado sobremanera las habladurías, pero las había permitido por respeto a un hombre cuya edad había mermado la confianza que había tenido en sí mismo. Victor había sido muy bueno con ella y la había animado a crear la fundación con la que llevaba soñando toda la vida. Le había parecido inofensivo permitir que la gente hubiera podido malinterpretar su relación.

Pero, a consecuencia de ello, la familia de Victor le había negado la entrada en su mansión. Ni siquiera le habían permitido ir a dar el pésame. La habían apartado como si fuera una apestada.

A Clair no le resultaba fácil abrirse a la gente; y ahora, la única persona en la que había empezado a confiar había muerto. Por suerte, contaba con un lugar en el que refugiarse durante una semana para superar la pérdida que sentía. Era irónico que ese lugar fuera el orfanato en el que se había criado, lo que le hizo pensar en lo importante que era tener un hogar, no solo para ella, sino para todas las criaturas tan solas como ella.

En ese momento, sometida al escrutinio de sus compañeras de trabajo, sentía esa soledad más que nunca y se esforzaba por no revelar el peso que sentía en el pecho y el nudo que se le había formado en la garganta. Y no era solo por la inesperada muerte de Victor, sino también por una especie de desesperación que la sobrecogía. ¿Estaba destinada a vivir siempre sintiéndose sola?

En ese sofocante momento, las puertas del ascensor se abrieron. Clair volvió la cabeza en un intento por dar escape a su angustia y lo que vio la hizo contener la respiración.

La única forma que se le ocurrió de describir a la tribu de hombres de sombríos semblantes fue la de una partida de caza de ejecutivos. El último que salió del ascensor, el más alto, era sin duda alguna el líder: un guerrero moreno con expresión de soldado herido en el campo de batalla. Lo primero en lo que se fijó fue en la cicatriz que le nacía de la raya del pelo, le atravesaba la ceja izquierda, se desviaba por el pómulo y le bajaba en dirección a la boca para desaparecer en la mandíbula.

El hombre parecía indiferente a su cicatriz, su energía estaba centrada en el nuevo territorio a conquistar, con el traje gris de impecable corte a modo de armadura que cubría su imponente figura. Solo necesitó pasear sus ojos ámbar por la estancia para que las mujeres se despidieran entre murmullos y se marcharan al instante.

Clair no podía moverse, parecía pegada al suelo. Alzó la barbilla, negándose a que él notara lo mucho que la intimidaba.

De repente, él le clavó los ojos y se sostuvieron la mirada brevemente antes de que él, despierto su interés, le acariciara la boca con ella y, mentalmente, la despojara de la gabardina y los botines de tacón bajo.

Clair apretó los dientes. Odiaba sentirse mujer objeto, pero no logró librarse de su momentánea parálisis. No era capaz de darse la vuelta mostrando su rechazo. Un profundo calor cobró vida en su vientre y le subió por el pecho hasta la garganta.

El hombre volvió a clavarle los ojos en el rostro con expresión de haber tomado una decisión: ella era algo que quizá quisiera.

Clair se ruborizó, aún incapaz de desviar la mirada. Se le hizo un nudo en el estómago cuando él habló con una voz achocolatada y, simultáneamente, amenazante.

Ella no le entendió.

Clair, sorprendida, parpadeó, pero él siguió sin hablar en inglés. Le había dado una orden a uno de sus compañeros; sin embargo, ella tenía la impresión de que, aunque no le hubiera hablado directamente a ella, sí había dicho algo respecto a ella.

Entonces, el hombre se dio media vuelta y se adentró en la zona de despachos como si el lugar le perteneciera. Uno de los hombres que había a su lado le habló en el mismo idioma que él había empleado.

–¿Hablaban en ruso? –preguntó Clair cuando los recién llegados se marcharon.

–Llevan viniendo toda la semana, aunque el alto es la primera vez que viene –Abby apartó la mirada del vestíbulo y bajó la voz–. Nadie sabe qué está pasando. Creía que tú podrías decírnoslo.

–No he estado aquí –le recordó Clair, que ni siquiera había estado en Londres–. Pero, antes de marcharme, el señor Turner me dijo que todo seguiría igual, que la familia iba a dejar las cosas como están hasta que solucionaran sus asuntos privados.

Clair miró hacia el vestíbulo y preguntó:

—¿Son abogados?

—Creo que algunos lo son —respondió Abby—. Nuestros abogados llevan reuniéndose con ellos toda la semana.

Abby miró a su alrededor antes de acercarse más a ella y añadió:

—Clair, siento mucho lo que he dicho. Sé que perder al señor Van Eych ha debido de ser muy duro para ti y...

—No te preocupes, déjalo.

Clair esbozó una leve sonrisa, no quería el consuelo de nadie. Había levantado una barrera alrededor de sí misma para protegerse y quizá a ello se debiera que nadie la enviara flores ni tarjetas declarándole su amor. No le resultaba fácil relacionarse con la gente, por eso era por lo que se había entregado a un falso romance con Victor. Él le había ofrecido compañía sin exigencias físicas ni intimidad sentimental. Una relación sin riesgos, había creído. Una relación sin sufrimiento.

¡Ja!

Ese ruso le exigiría mucho, pensó Clair. Y, al instante, se preguntó a qué se debía semejante ocurrencia. Jamás permitiría a alguien así acceder a su vida privada. Ese hombre podía destrozarle el corazón a cualquiera. Mejor olvidarle.

No obstante, le temblaron las piernas al mirar en dirección a su despacho, la misma dirección que él había tomado. No, era una tontería tener miedo. Ese hombre ya debía de haberse olvidado de ella.

—Iré a ver al señor Turner —dijo Clair con la sonrisa de confianza en sí misma que había perfeccionado como secretaria de Victor–. Si consigo averiguar algo, te lo diré.

–Gracias –respondió Abby con algo de alivio en la expresión.

Decidida a dejar de pensar en el ruso, Clair se alejó. Pero apenas había colgado la gabardina cuando, agachada para meter el bolso en el cajón de su escritorio, el señor Turner apareció en el umbral de la puerta.

Clair se enderezó y se le encogió el corazón al ver la sombría expresión del señor Turner.

–¿Qué pasa?

–Tienes que ir a presentarte al nuevo dueño –respondió el señor Turner pasándose una mano por el escaso cabello.

Aleksy Dmitriev acercó la papelera a sus pies, agarró un premio de la empresa en forma de placa que colgaba de la pared y lo arrojó a la basura. El ataque a la empresa le había resultado demasiado fácil. Ese sinvergüenza no había sobrevivido al colapso de su imperio. Van Eych había sucumbido tras entregarse a un estilo de vida a costa de hombres como su propio padre y, desgraciadamente, se había librado de padecer la venganza que tenía pensada.

La rubia del vestíbulo había sido la querida de ese perro, pensó mientras tiraba a la papelera otro premio.

–¿Qué demonios está haciendo? –le preguntó una voz cristalina.

Aleksy alzó la cabeza y un súbito deseo sexual se apoderó de él igual que quince minutos antes. La parte de su anatomía que no podía controlar volvió a contraerse.

Ahora que ya no llevaba la gabardina, pudo notar los cálidos contornos del cuerpo de ella. Tenía el cabello rubio, fríos ojos azules e inmaculado cutis. El suéter de color melocotón se ceñía a unos delgados brazos y a unos pechos más bien pequeños y erguidos. Era toda una mujer.

Controló su deseo, asqueado. ¿Cómo esa mujer podía haberse entregado a un viejo y, sobre todo, a ese viejo?

Su penetrante mirada la hizo parpadear con incertidumbre. Pero, al momento, ella enderezó los hombros y alzó la barbilla con gesto desafiante.

—Eso que ha tirado podría tener un gran valor sentimental para la familia del señor Van Eych.

Aleksy achicó los ojos. Esa mujer había sido una aliada de Victor van Eych y eso le daba derecho a odiarla, a odiarla de verdad. Hizo una mueca que tensó su cicatriz, consciente de que eso le daba un aspecto peligroso. Y lo era.

—Cierre la puerta.

Se irritó al verla vacilar. Estaba acostumbrado a que sus órdenes se cumplieran al instante. No iba a aceptar que una mujer no lo hiciera.

—Estoy tirando todos los trofeos de Van Eych, señorita Daniels. Usted incluida.

Ella hizo una mueca, pero permaneció quieta y desafiante. Le miró a los ojos como en busca de confirmar si hablaba en serio.

Entonces, ella se dio media vuelta y se dirigió hacia la puerta. Un inesperado sentimiento de pérdida le embargó.

Pero, antes de que pudiera darle tiempo a considerar el motivo, ella cerró la puerta, permaneciendo dentro. Una inexplicable satisfacción se apoderó de él. Se dijo a sí mismo que era porque se le presentaba una batalla que deseaba, ¿qué otra cosa podía esperarse de una mujer de su talante? No vivía como vivía renunciando a lo que quería sin más.

Con la mano en el pomo de la puerta, ella se echó el pelo hacia atrás y preguntó con aire autoritario:

—¿Quién es usted?

A regañadientes, Aleksy admiró la arrogancia de ella. Se limpió el polvo de las manos antes de ofrecer una desafiantemente.

—Aleksy Dmitriev.

La vio titubear de nuevo. Después, manteniendo alta la cabeza, le dio la mano. Estaba fría, pero era delgada y suave. Inmediatamente, él se imaginó a sí mismo bajando esa mano por su abdomen y sintiéndola alrededor de su miembro.

No solía reaccionar así con las mujeres, raramente permitía que el deseo sexual le nublara el entendimiento, pero no lograba controlar su atracción por ella.

Sobre todo, al sentirla temblar por el contacto. Ella parecía desconcertada, pero él sabía que esa mujer se había estado acostando con un hombre que, por la edad, podía ser su abuelo. Era una experta en fingir excitación sexual.

La deseaba, pero esa mujer ya se había entregado al enemigo.

Aleksy Dmitriev le soltó la mano e, insultantemente, se la pasó por los pantalones para limpiársela. Clair se llevó la mano al vientre y la cerró en un puño. Ese hombre era devastador en todos los sentidos.

Se cubrió con el manto de la indiferencia, el que se había tejido en un colegio lleno de niños ricos.

–Señor Dmitriev, ¿qué le da derecho a dejarme sin mi trabajo?

–Su trabajo está muerto –la sonrisa de él lanzaba a gritos lo que creía que había sido su trabajo.

–Soy una secretaria –dijo ella con voz tensa–, la secretaria particular del presidente. ¿Ha tomado usted ese cargo?

–No acepto su invitación, no me sirven los desperdicios.

–¡No sea usted grosero! –le espetó ella, perdiendo su acostumbrada compostura.

La sonrisa burlona de él aumentó su ira.

–Yo trabajo de verdad –insistió ella–. No me dedico a hacer lo que usted ha sugerido. Me encargo de proyectos especiales...

Clair se interrumpió, preocupada de repente por su propio proyecto especial. Apenas faltaban unas semanas para el lanzamiento de la fundación. Después de pasar la semana anterior allí, sabía que el edificio en el que se había criado estaba muy deteriorado. El orfanato necesitaba dinero. Y la gente...

«Clair, ¿te pasa algo? Estás más callada que de costumbre», le había dicho la señora Downings la semana anterior al encontrársela subida a la escalera de mano, en el lugar en el que estaba pintando. Se habían sentado en un peldaño y, con el brazo de la señora Downings sobre sus hombros, se había confiado a ella.

Había vuelto con renovada energía y decidida a lanzar la fundación costara lo que costase. Tenía que lograr que gente como la señora Downings, gente con semejante capacidad de comprensión y compasión, pudiera ayudar a niños que sufrían lo que ella había sufrido.

—¿Va a cerrar la empresa? —preguntó Clair con súbito pánico.

—Eso es confidencial —respondió Aleksy fríamente.

Clair sacudió la cabeza.

—No puede despedir a todo el mundo sin más. De hacerlo, tendría que pagar una fortuna en indemnizaciones —era una suposición, pero con lógica. La empresa manejaba inversiones de cientos de clientes.

—Pero puedo despedirla a usted —dijo él asintiendo.

—¿En base a qué? —inquirió Clair con renovada ira.

—En base a que la semana pasada no vino a trabajar.

—Había reservado ese tiempo de vacaciones desde hace meses. ¿Cómo podía saber que mi jefe se iba a morir justo antes de que me marchara? —aunque no se habría marchado si la familia de Victor no la hubiera rechazado como lo había hecho, si alguien le hubiera dicho que se la necesitaba.

—Es evidente que le importaba más irse de vacaciones que ver si seguiría teniendo trabajo a su regreso.

El repaso de limpieza y reparaciones que se realizaba en el orfanato anualmente estaba muy lejos de ser unas vacaciones, pero a ese hombre eso no le importaba.

—Me ofrecí a quedarme —declaró ella—. El vicepresidente me dijo que no era necesario, que me fuera —presa de una sospecha, se cruzó de brazos y añadió—: ¿No me despediría si no me hubiera marchado?

–La despediría igualmente –respondió él brutalmente.

¡Qué hombre más odioso! Le extrañó que le resultara tan doloroso el desprecio de ese hombre por ella. Constantemente se esforzaba por agradar, consciente de que, por naturaleza, no era cariñosa ni espontánea.

–Antes de marcharme, el señor Turner me aseguró que me darían otro trabajo en la empresa. Llevo aquí casi tres años –logró decir con calma, con la suficiente dignidad como para ocultar el miedo que sentía.

–El señor Turner no es el dueño de la empresa. Yo decido quién se queda.

–Mi despido es un despido improcedente. A menos, por supuesto, que me ofrezca una indemnización –Clair sabía que esa esperanza la había puesto nerviosa y se le notaba. También sabía que su currículum distaba mucho de ser brillante. La idea de volver a realizar trabajos mal pagados y a sobrevivir a duras penas la aterrorizaba. Ese trabajo había sido el primer paso a tener cierta seguridad en su vida.

El ruso ladeó la cabeza con gesto paternalista.

–Los dos sabemos que ya ha recibido su indemnización, señorita Daniels. Que no haya ahorrado no es problema mío.

–Deje de hablar como si fuera...

–¿Qué? ¿La querida de Victor van Eych? Y usted deje de comportarse como si no lo hubiera sido –le espetó él antes de acercarse a la mesa de despacho para agarrar un expediente–. Según sus cualificaciones, solo sabe mecanografiar y archivar; sin embargo, ocupa un despacho de ejecutivo. Se le paga un salario superior al de secretaria personal, supongo que debido a su dedicación a los llamados «proyectos especiales» –Aleksy lanzó una burlona carcajada–. Vive en un piso de la empresa...

–Vivo en la casa del ama de llaves porque una de mis tareas es regar las plantas –se defendió ella.

–Los empleados de la limpieza pueden regar las plantas. Usted es una parásita, señorita Daniels, una parásita a la que su jefe ha mantenido. Tómese el día para recoger sus cosas.

«Una parásita». Aquel trabajo había supuesto su liberación, pero ella había intentado no aprovecharse de la generosidad de Victor. En ese momento, cuando estaba a punto de poder ayudar a otros en vez de concentrar todos los esfuerzos en su propia supervivencia, ¿ese hombre la llamaba parásita?

–Usted no tiene conciencia –dijo Clair temblando de los pies a la cabeza.

–¿Que no tengo conciencia? –repitió él encolerizado al tiempo que cerraba su expediente y agarraba otro archivo–. ¿Tiene usted idea de con quién se ha estado acostando? Lea esto y después dígame quién no tiene conciencia.

Capítulo 2

ALEKSY se convenció a sí mismo de que solo quería saber si ella se había marchado. Después de leer el informe, Clair Daniels había palidecido, se había marchado y...

«Olvídate de ella», se ordenó a sí mismo. Pero no era fácil. Él no quería saber nada de mujeres que buscaban marido, solo le interesaban las que preferían el placer sexual y el dinero en vez del amor. Clair pertenecía a esa última clase de mujeres.

«Deja ya de pensar en ella». Estaba allí para organizar su nueva adquisición, nada más.

Tecleó el código de acceso al ático de la empresa y paseó la mirada por el opulento decorado. Las plantas estaban muy sanas; desgraciadamente, lo único bueno de ese lugar. El lujoso mobiliario, el cuero blanco y las alfombras de seda carecían de...

De la presencia de ella.

Acariciándose la mandíbula, cruzó el comedor y, al entrar en el dormitorio, vio que nadie había dormido en la cama. Tampoco vio ropa interior en el cuarto de baño. En la cocina, todo estaba limpio e impecable. Clair Daniels lo había dejado todo como si nunca hubiera estado allí.

¿Cómo iba a encontrar...?

Oyó el sonido ahogado de una voz femenina y, al

fijarse, vio una puerta entreabierta que daba al cuarto de la lavadora. Enfrente de aquella puerta había otra que daba a una pequeña cocina que desprendía olor a tostadas. Detrás de la cocina descubrió un modesto cuarto de estar en el que había correo sin abrir, zapatos y en el que también vio a Clair Daniels. Ella estaba de espaldas terminando una conversación telefónica. Sus respingonas nalgas y sus delgados muslos enfundados en unos pantalones de yoga le dejaron sin respiración.

Clair Daniels se dio media vuelta y lanzó un grito.

Clair se llevó la mano a la boca al ver al ruso. En el fondo, sabía que había esperado que se presentara.

–¡Me ha dado un susto de muerte! –exclamó Clair en tono acusador.

–No le habría asustado si se hubiera marchado ya.

Él ya no llevaba la chaqueta del traje ni la corbata. La camisa gris apenas ocultaba los anchos hombros y los pronunciados bíceps. Se había remangado las mangas de la camisa y solo lucía un sencillo reloj de oro.

Le entró un súbito deseo de acariciarle el brazo para ver si era tan duro como parecía, cosa totalmente ridícula. Nunca había prestado demasiada atención a los hombres y le irritaban las mujeres que lo hacían. Por lo tanto, no reconocía en sí misma la reacción que estaba teniendo en presencia de ese hombre.

Sin embargo, continuó observándole con fascinación mientras él se miraba el reloj y lanzaba una mirada a la puerta abierta del dormitorio en el que había una maleta.

–Espero que, al menos, haya hecho las maletas.

–Sí, porque no me había dado tiempo de deshacer el equipaje después de las vacaciones.

–Bien, eso ahorra tiempo –dijo él con una falsa amabilidad.

–¿A quién? ¿A usted? ¿Ha venido para echarme?

Todavía no eran las cinco de la tarde. Había llamado a algunos hoteles, pero también había empleado un tiempo precioso en la búsqueda de una solución para la fundación. Había sobrevivido empezando de cero y volvería a hacerlo, pero no soportaba la idea de decepcionar a la gente que confiaba en ella. La administración del orfanato tenía que dedicar su tiempo a dirigir la institución, no podían perderlo en la búsqueda de fondos. Se encontraba en un gran aprieto, pero no quería que ese hombre notara lo desesperada que estaba.

–¿Por qué no ha enviado al payaso que me echó del despacho?

Él echó hacia atrás su arrogante cabeza.

–¿Se refiere a Lazlo?

–Supongo. Solo le ha faltado agarrarme del cuello y arrastrarme hasta la calle.

Aunque reconocía que había sido menos humillante recoger los pocos objetos personales en su despacho y el portátil que disponer de tiempo y tener que dar todo tipo de explicaciones mientras se despedía de sus compañeros. Se había quedado atónita al leer el informe y no había tenido ganas de hablar con nadie. Victor, el hombre en el que había depositado su confianza, había vivido a base de engaños.

–Le pediré que sea más considerado la próxima vez –dijo Aleksy.

–¿La próxima vez? –a Clair le dio un vuelco el corazón–. ¿Ha venido con usted?

–No, estamos solos.

Clair sintió un hormigueo en el estómago. Se cruzó de brazos en un intento por proyectar confianza en sí misma cuando, en realidad, se sentía una idiota.

–La verdad es que preferiría entendérmelas con él. Al menos, ese hombre no se presenta de espaldas a una sigilosamente como un ladrón.

Los ojos ámbar de Aleksy lanzaron un destello de advertencia.

–He comprado esta empresa, me pertenece, y también este piso. Es usted quien no tiene derecho a estar aquí.

–¡El piso venía con mi puesto de trabajo!

–Es un nidito de amor y esta empresa, desde ahora, no va a permitir gastar el dinero en esas cosas.

Así que era una cuestión de dinero. Ese hombre debía de haber comprado la empresa creyendo que valía más y después se había enterado de que Victor había falsificado los beneficios de la empresa. Pero no tenía por qué pagar su mala suerte con ella. Los dos eran víctimas del engaño de Victor.

–Si me dejara conservar mi puesto de trabajo podría pagar un alquiler y este apartamento generaría dinero en vez de suponer solo gastos –sugirió ella.

Aleksy achicó los ojos.

–¿Cuánto tiempo lleva viviendo aquí?

–Algo más de un año.

Aleksy se paseó por el pequeño cuarto de estar con calculador interés, debía de estar haciendo una valoración de sus posesiones. El apartamento estaba amueblado, pero la foto de sus padres era suya, como también lo era la pipa de la repisa de la chimenea de gas. Esos dos objetos eran todo lo que tenía y ni siquiera eran verdaderos recuerdos.

Con los ojos fijos en la pipa, Aleksy alzó la barbilla.

—Me sorprende que se conformara con que Victor la tuviera en este apartamento. Una mujer como usted podía haber aspirado a algo más.

Clair debería haberse sentido ofendida, pero la traicionó el cuerpo. Enrojeció bajo la mirada de él. Los pechos se le irguieron y sintió un hormigueo en la entrepierna. No pudo evitar humedecerse los labios con la lengua.

El cinismo con que Aleksy arqueó las cejas aumentó su mortificación.

—Esa pipa era de mi padre, no de Victor —Clair se acercó a la chimenea y agarró la pipa—. Firmé un contrato de confidencialidad.

Aleksy no mostró ni una pizca de compasión por una joven ingenua que había querido creer que se la había valorado por su trabajo. Aleksy Dmitriev la aventajaba no solo en riqueza y educación, sino también en confianza en sí mismo y experiencia.

—Supongo que debe saber mejor que yo si el contrato que firmé sigue teniendo validez después de la muerte de Victor o no. Como nuevo dueño de la empresa, ¿tiene derecho a exigir que revele los términos del contrato y...?

—Cuéntemelo todo —ordenó él.

—Bueno, no se trata de un secreto de gran importancia. Estoy cansada de que me acuse de estar donde estoy a cambio de acostarme con Victor. La cuestión es que Victor era impotente.

Aleksy le agarró la barbilla.

—No me mienta —le advirtió.

Clair alzó una mano para apartar la de él de su barbilla, pero Aleksy la agarró por la muñeca. Sin embargo, lo que la inmovilizó fue la feroz mirada dorada de él.

—¿Por qué iba a mentir?

—Porque sabe que no la desearía de haber sido la amante de él.

Clair contuvo la respiración.

—Pero no era eso lo que realmente Victor quería ocultar, ¿verdad?

Clair seguía tratando de asimilar lo que Aleksy había dicho respecto a desearla.

—Yo... hasta hoy no sabía que Victor estuviera ocultando nada —dijo Clair balbuceando, tratando de ignorar la excitación que la embargaba—. Creía que era lo que parecía ser: un hombre de negocios de éxito.

Clair trató de apartar la mirada de la de él, pero le resultó imposible. Veía peligro en los ojos de Aleksy, peligro de naturaleza sexual.

—¿Cómo le conoció?

—¿Es usted de la Interpol? —deseaba escapar, no soportaba la turbación que sentía.

—Dígamelo —insistió él sin soltarla.

—Victor necesitaba una cosa con urgencia ya pasada la jornada de trabajo y yo estaba trabajando hasta tarde ese día en la sala de archivos —explicó ella—. Encontré lo que Victor quería y dijo que yo era la clase de persona que se necesitaba en el ático.

—Ya, sé perfectamente lo que quería —Aleksy colocó el pulgar bajo el labio inferior de ella, obligándola a alzar el rostro. Le acarició el semblante con la mirada, pero no con admiración, sino como si estuviera valorándola.

No debería haberle importado, pero la descompuso.

—No me pareció que sus motivos fueran de naturaleza sexual. Victor era mayor —Clair hizo un esfuerzo por contener un estremecimiento mientras fingía que no le importaba el contacto físico con ese hombre—. Cuando me di cuenta de que Victor quería que la gente creyera que estábamos juntos, le dije que no me interesaba, pero Victor me aseguró que no tenía motivos para preocuparme. Él no era capaz de estar con una mujer, pero no quería que nadie lo supiera. Me prometió que, si le seguía la corriente, tendría un gran futuro en la empresa como secretaria personal suya. Yo necesitaba el dinero y accedí. Al fin y al cabo, no iba a propasarse conmigo ni nada por el estilo.

Clair, con el puño cerrado sobre la pipa, empujó a Aleksy por el pecho y añadió:

—Al contrario que otros.

Entonces, Aleksy la sorprendió al acariciarle la mandíbula y la garganta.

Clair se quedó inmóvil, no por lo inesperado del gesto, sino por lo mucho que le gustó. Deseó cerrar los párpados y entregarse por entero a esa sensación.

—Así que aceptó todo lo que él le ofreció y no tuvo que abrirse de piernas.

—No, no se trataba de nada de eso, en absoluto —ese hombre hablaba de la situación como algo sórdido, cuando no había sido así—. El aumento de salario y mi nuevo trabajo fueron idea suya. Victor sugirió también que me viniera a vivir a este piso porque él solía dar fiestas. Si la gente pensaba que estábamos juntos era cosa suya. Ninguno de los dos dio explicaciones, pero yo lo único que hacía era trabajar para él.

–¿Qué clase de trabajo era el suyo? ¿Hacer de anfitriona? ¿Ir de acompañante de él a fiestas? –Aleksy sonrió irónicamente–. ¿Qué motivo podía tener la gente para pensar que estaban juntos?

–Victor era viudo, así que... sí, yo era su acompañante. Pero también me dejó como encargada de montar una fundación con fines benéficos.

–¡Ja! ¿Van Eych en ayuda de los más necesitados? Ahora sí sé que miente.

–No estoy mintiendo –respondió ella con desesperación.

Con pasos temblorosos, Clair se acercó a su ordenador portátil y lo sacó de la funda. Ahí tenía la prueba de que decía la verdad, en un archivo estaba el logotipo que ella misma acababa de aprobar. Y se lo enseñó a Aleksy.

–¿«Días Mejores»? Parece que lo ha dibujado un niño –comentó él con una rápida mirada al logotipo.

–¡Esa es la impresión que quiere dar! Se trata de una fundación con fines a recaudar fondos para orfanatos y también para otorgar becas a niños huérfanos con el fin de ayudarles a independizarse.

–¿A cambio de hipotecar sus vidas?

–¡A cambio de nada! –exclamó Clair. Y, sintiéndose insultada, cerró el archivo–. Es evidente que usted no tiene ni idea de lo que es criarse sin unos padres.

–A lo mejor sí lo sé y no tuve la suerte de que me ayudaran a salir adelante con unas migajas. A lo mejor me las arreglé solo, sin ayuda de nadie –respondió él con voz queda.

La verdad en la dureza de la mirada de Aleksy la hizo titubear. La idea de que él pudiera tener un pasado similar al suyo la hizo sentir empatía, pero esa empatía provocó una respuesta defensiva.

–Igual que yo –dijo Clair en tono desafiante–. No obstante, soy capaz de querer ayudar a otros.

–Van Eych le dio este piso, un salario de mánager y, solo por el rostro que tiene, otros muchos favores.

–Me da igual que me crea o no –dijo ella, tensa–. Es evidente que le gusta ofender a la gente. Si no le importa dejarme sola, acabaré de recoger mis cosas y le aseguro que a medianoche me habré marchado de aquí.

Van Eych le había dejado sin nada; no solo le había dejado sin padres y sin casa, también le había despojado de su juventud, le había estropeado el rostro y le había quitado el derecho a una vida normal. Por eso debería querer hundir a Clair, no hundirse dentro de ella.

Se dijo a sí mismo que la actitud desafiante de Clair era provocadora. Sabía que no podía fiarse de ella, pero ya había recorrido medio camino a la cama con esa mujer.

Se sacó el móvil del bolsillo y envió un mensaje de texto a su secretaria. Al cabo de unos segundos supo lo que quería saber y contuvo un grito triunfal. Se confirmaba que era imposible que Van Eych hubiera podido tener relaciones sexuales con Clair, por lo que poseerla le parecía imperativo.

Inmediatamente, Aleksy entró en el dormitorio de Clair, que estaba sacando ropa de un cesto y poniéndola encima de una estrecha cama.

–El informe médico confirma lo que usted ha dicho, que Van Eych era impotente.

Clair volvió la cabeza y le lanzó una fugaz mirada.

–Ya le he dicho que me da igual que me crea o no.

–A mí no me da igual. Vamos, Clair, pregúntame si te dejaría quedarte en la empresa a cambio de compartir esa cama conmigo.

Capítulo 3

SIN saber por qué, recordó la nota que Abby había recibido aquella mañana: *Echo de menos pasear contigo.*

Clair no era una idealista. Sabía que el príncipe azul no existía; no obstante, le dio un vuelco el estómago. No era la primera vez que se le insinuaba un hombre, y a veces había considerado seriamente aceptar la propuesta, pero siempre había acabado rechazándola, quizá por miedo a bajar la guardia o por una cuestión de moralidad. Pero jamás le habían hecho una propuesta tan brutal y directa.

—Creía que me había creído al decirle que nunca me había acostado con Victor.

—Con Victor ya sé que no, pero... ¿con otros hombres? ¿Cuántos años tienes? ¿Veinticinco?

Clair cerró los labios que había abierto para lanzar una indignada negativa.

—Veintitrés —murmuró, demasiado mayor para ser aún virgen, pero se encontraba en un callejón sin salida. Creía que solo debería entregarse a alguien a quien quisiera, pero evitaba intimar con nadie. Le costaba confiar en la gente y todavía no había encontrado al hombre que la tentara lo suficiente para hacerlo.

No debería considerar la propuesta de Aleksy, pero

el sexo sin ataduras emocionales le resultó tentador. Sospechaba que sería algo muy placentero, no solo porque daba la impresión de que él sabía qué hacer con el cuerpo de una mujer, sino porque el suyo propio respondía a ese hombre de una forma que no comprendía. Despertaba el deseo en ella.

La estaba volviendo loca. No sabía qué hacer, excepto fingir indiferencia.

Clair dobló la camiseta que se ponía para dormir y dijo fríamente:

–¿Qué le hace pensar que quiero acostarme con usted?

–Has logrado convencerme de que eres capaz de ser sincera, Clair, así que no empieces a mentir ahora. Me deseas.

¿Cómo podía haberse dado cuenta? Humillada, evitó mirar al espejo para no ver el sonrojo de su rostro.

–Te preocupa, ¿verdad? –dijo él en tono burlón–... ¿Te preocupa sentirte más atraída por mí que por mi dinero?

–¿Su dinero? –repitió ella–. Lo único que le he oído ofrecer es una noche a cambio de... ¿qué? ¿Un día más aquí? Antes ha insinuado que me vendía barata. Supongo que un hombre en su posición puede ofrecer algo más.

Las palabras de ella provocaron una sonrisa cínica en Aleksy.

–Ya, quieres el ático entero para ti.

–Yo no he dicho eso –protestó Clair.

–Bien, porque la venta se va a efectuar mañana.

A Clair se le encogió el corazón. Se había quedado realmente en la calle. Pero no quiso que Aleksy notara su turbación.

—Actúa con rapidez.
—Sí.

Clair tembló al ver el brillo posesivo de los ojos de Aleksy.

—En ese caso, ¿cómo voy a acceder a compartir esta cama cuando no puedo quedarme en ella? Una pena —declaró Clair sarcásticamente.

—Yo pondré la cama. Una cama más grande y... más resistente.

Clair tembló de la cabeza a los pies. No era posible que ese hombre se hubiera tomado en serio aquella conversación. Ella, desde luego, no lo había hecho.

Desgraciadamente, Clair posó los ojos en el cuello desabrochado de la camisa de él por el que asomaba un vello oscuro. Se lo imaginó como una estatua perfecta bajo la ropa, con caderas...

¿Qué le ocurría? Jamás había pensado en la entrepierna de un hombre. Se ruborizó intensamente y se sintió mortificada al oírle reír.

—Ni siquiera le conozco —declaró Clair con voz ahogada, recordándose a sí misma, con desesperación, que esa situación era ridícula.

—No te preocupes por eso, *maya zalataya*, yo a ti sí te conozco. Sé que estás esperando a discutir el precio, ¿qué te parece si vamos directamente al grano? —declaró él implacable.

—Lo que ha dicho es tan ofensivo que ni siquiera voy a responder.

—Es realista. Si lo que quisieras es encontrar el amor, no habrías estado viviendo a costa de un viejo y no habrías permitido que la gente pensara que le pertenecías. Yo tampoco necesito amor, pero me gusta tener una mujer en la cama.

—¿Su encanto personal no ha dado resultados hasta ahora?

Aleksy se encogió de hombros.

—He tenido que dejar a la última. Los negocios me han tenido muy ocupado. Estoy valorando mis nuevas adquisiciones y preparándome para disfrutar de los beneficios.

—Lo siento, pero las nuevas adquisiciones no me incluyen a mí –Clair indicó la cama–. No he tenido que acostarme con nadie para ganar dinero. ¡Y no me mire así! Victor iba a financiar la fundación y...

—¿Cuánto dinero iba a poner? –la interrumpió él.

—¿Qué?

—¿Que cuánto dinero iba a poner para tenerte contenta?

—Yo... –Clair apretó los dientes. Después, llevándose las manos a las caderas, añadió desafiante–: Diez.

—¿Diez millones? –preguntó Aleksy arqueando las cejas.

—Diez mil libras –le corrigió ella desconcertada. Le habría encantado contar con millones, pero la oferta de Victor habría sido suficiente para mantener las puertas del orfanato abiertas mientras ella trataba de recaudar más fondos.

Aleksy se sacó el móvil del bolsillo.

—Te vendes muy barata. Le añadiremos un cero a esa cantidad para cerrar el trato.

—¿Qué? –dijo Clair con un grito ahogado.

Pero Aleksy ya estaba hablando en ruso por el móvil. Después, se pasó al inglés:

—Daniels, sí. Está en la lista de empleados. Sí, perfecto.

Tras esas palabras, Aleksy cortó la comunicación.
–¿Qué ha hecho?
–La transferencia se realizará hoy mismo –Aleksy se metió el móvil en el bolsillo–. Ven aquí, Clair.

Clair se quedó donde estaba, perpleja. Furiosa. ¿Tan terrible era sentirse deslumbrada y extasiada al mismo tiempo? ¡Y lo que podría hacer la fundación Días Mejores con cien mil libras esterlinas!

–Eso es... –Clair se aclaró la garganta al tiempo que pensaba que ese hombre debía de creer que la había comprado.

Le dio un vuelco el estómago, aunque no a causa de que sintiera repugnancia. Estaba casi mareada. No sabía qué hacer ni qué pensar.

–Su donación ha sido muy generosa –declaró Clair con voz ahogada–. Le entregaré un recibo después de ingresar el dinero en la cuenta de la fundación.

–Haz lo que quieras con el dinero, es tuyo. Y ahora, ¿qué te parece si vamos a un sitio más agradable? Enviaré a alguien para que termine de recoger tus cosas.

–La transferencia no se ha realizado aún –respondió ella aterrorizada–. Y dado que usted me resulta repulsivo...

–¿En serio?

Aleksy se apartó de la puerta. Ella solo tuvo tiempo de dar un paso atrás antes de verse atrapada en los brazos de él, que la estrechó contra su pecho y le aplastó los labios con los suyos.

«Arráncale los ojos», se ordenó a sí misma. Pero, aparte de que tenía los brazos atrapados en los de él, la sensación que le produjo la boca de ese hombre en la suya hizo que le resultara imposible. Era un hombre dominante e inexorable, pero aquello no era una demostración de fuerza ni un castigo, era...

Era algo ardiente. Sensual. Instintivamente abrió los labios y la lengua de él la penetró, produciéndole una oleada de placer que la hizo estremecerse. Gimió y alzó la barbilla mientras iba al encuentro de esa lengua. Y volvió a gemir cuando él le puso las manos en las nalgas y, pegándosela al cuerpo, la hizo sentir su erección.

Fue algo sorprendente y turbador. Quiso gritar de placer al sentirse tan bien entre esos brazos fuertes, cegada por la sensación en el bajo vientre. No se dio cuenta de que continuaba gimiendo hasta que él se apartó.

Tras un último mordisqueo a sus hinchados labios, Aleksy la soltó completamente y ella se dejó caer en la cama.

–Podríamos esperar a mañana si insistes en hacerte de rogar, pero no creo que sea eso lo que quieras.

–Sí, eso es lo que quiero –respondió Clair jadeante al tiempo que se erguía en la cama con un esfuerzo–. No me acuesto con hombres a cambio de dinero. Haré que le devuelvan la transferencia inmediatamente. No puede obligarme a acostarme con usted.

–No necesito obligarte a nada –contestó Aleksy con una mueca burlona–. Has dejado muy claro lo que quieres.

Aleksy la dejó asimilar algo que ella no podía negar.

Clair hundió las uñas en el colchón. Era cierto, no podía resistirse a ese hombre. Pero...

–¿Y qué? El instinto me dice que sería algo nefasto para mí –dijo Clair sosteniéndole la mirada, resistiéndose al deseo que ese desconocido había despertado en ella.

Apenas podía pensar. Parecía que lo único importante era satisfacer ese anhelo por un hombre que la miraba como si quisiera aplastarla contra la cama y acabar lo que había empezado. Respiraba con dificultad y los pezones se le habían erguido. Ese hombre la atraía como un imán, pero no se movió, manteniendo la distancia.

Un brillo fugaz apareció en los ojos de él. Quizá fuera de frustración, pero contenía una chispa de desesperación que rápidamente confirió a su rostro una expresión de triunfo.

—Bueno, también hay que tener en cuenta tu reputación.

—¡Acostarme con usted destrozaría mi reputación! —exclamó ella sin poder contener una nota de excitación.

Necesitaba razonar, pero solo pensaba en cómo sería estar bajo el cuerpo de él... y con él dentro de su cuerpo. Estaba desesperada por averiguarlo. Nadie la había hecho sentir tanto y con tanta intensidad, y no se trataba de algo emocional, sino físico y excitante.

Los labios aún le quemaban y anhelaban el retorno de los de él. ¡Y ni siquiera le conocía!

Pero quería conocerle. Desde el primer momento en que lo vio se había preguntado quién sería. En una rápida búsqueda por Internet había averiguado solo escuetos detalles sobre sus negocios, pero nada sobre la persona de Aleksy Dmitriev. ¿De dónde era, de qué parte de Rusia? ¿Por qué se había fijado en ella? ¿Por qué le provocaba semejante reacción?

—Ya has leído el dossier sobre Victor van Eych —dijo él, sacándola de su ensimismamiento—. Ya se ha puesto en marcha una investigación a fondo en la empresa. Cualquiera que haya estado implicado en las operaciones ilegales de Victor será despedido.

—Yo no estaba enterada de esas actividades —le recordó Clair, sintiéndose acusada injustamente—. ¿Cree que la gente va a pensar que me han despedido por...? ¡Nunca he cobrado dinero que no me haya ganado honestamente con mi trabajo!

—Y eso lo dice la mujer que acaba de aceptar cien mil libras para una obra benéfica que no existe.

—¡Yo no le he pedido ese dinero! —Clair se puso en pie—. Jamás podrá demostrar que he hecho nada malo.

—Da igual, porque estás despedida. La gente pensará lo que quiera. Algo a lo que estás acostumbrada, ¿no es cierto?

—¡Eso era diferente! Y además, si me acostara con usted teniendo en cuenta que pensaba que lo hacía con Victor, pensarán que soy... —una cazafortunas redomada, concluyó Clair en silencio.

—Mejor que piensen eso a que crean que eres una delincuente. Tengo fama de ser muy duro con los tramposos y los ladrones. No me acostaría con una persona así y todo el mundo lo sabe. Si te acostaras conmigo al menos estarían seguros de que no has robado nada; mientras que, si te vas sin más, es justo la conclusión a la que llegarán. No creo que, después de eso, nadie te dé trabajo.

—¿Por qué se está ensañando conmigo de esa manera?

—¿Por qué te opones a acostarte conmigo cuando sabes que disfrutarías?

–No.

–No me cuesta nada hablar claro y decir lo que quiero. Vamos, sabes que lo pasaríamos bien juntos –insistió Aleksy.

Clair se cruzó de brazos. La idea de que ese hombre pudiera reírse de ella por ser virgen... No, tenía que decírselo.

–Escuche, yo no soy... lo que usted cree que soy.

–Lo que yo creo es que eres la persona que Victor quería a su lado –dijo Aleksy acercándosele.

Aleksy le agarró los codos flexionados y le echó los brazos hacia atrás de tal forma que sus senos le rozaron los fuertes músculos del pecho.

Clair jadeó. Sin querer, abrió las manos sobre los músculos de los antebrazos de Aleksy. Una oleada de deseo le bajó por el vientre a la entrepierna.

–¿Qué?

–Victor no pudo poseerte y eso significa que yo debo hacerlo. ¿Tienes pasaporte?

Clair no podía pensar cuando ese hombre la tocaba; tampoco podía alejarse de él, atrapada entre esos brazos y víctima de su propia debilidad.

–¿Le acompañabas en sus viajes? –preguntó Aleksy con exagerada paciencia.

–Se suponía que iba a hacerlo, pero murió antes de que pudiera ir con él a ninguna parte.

Con expresión triunfal, Aleksy le clavó los ojos en los labios y comenzó a bajar la cabeza.

–¡No he accedido a nada! –protestó ella.

Pero... ¿quería verse en la calle en mitad de la noche con las pocas pertenencias que poseía? Solo tenía una amistad superficial con algunas compañeras de trabajo y ninguna la daría cobijo por miedo a perder su empleo también. No tenía ahorros, solo una tarjeta de crédito que no podría pagar si se quedaba sin un sueldo.

De repente, se dio cuenta de la terrible situación en la que se encontraba. Ni siquiera parecía tener posibilidades de encontrar otro trabajo, teniendo en cuenta que no iba a contar con buenas referencias por parte de esa empresa.

—Es usted muy cruel –susurró Clair.

—Hace muchos años perdí todas mis virtudes –concedió él–. Lo que significa que no puedes esperar compasión por mi parte. Será mejor que te rindas, Clair.

Sí, era toda una tentación. Ya no tenía nada que perder.

—¿Por qué me ha incluido a mí en la compra de la empresa? –preguntó ella con voz más ronca de lo que le habría gustado–. ¿No le basta con quedarse con la empresa de un difunto?

—Todavía vivía cuando comencé a negociar la compra y no, no he conseguido ni mucho menos lo que quería. Y no te hagas la víctima solo porque, por una vez, seas tú la presa. Además, te quedas con cien mil libras.

—¿Pase lo que pase? –preguntó Clair sacudiéndose el pelo–. Le advierto que no estoy dispuesta a soportar ninguna perversión –le advirtió ella–. Si lo que quiere es que alguien le pegue búsquese a otra.

—Nunca represento el papel de sometido en mis relaciones –le aseguró Aleksy con cinismo–. Me gusta el sexo normal, aunque mucho sexo. No hago daño a las mujeres, nunca lo he hecho... lo digo porque parece que es eso lo que quieres saber. Puede que me guste ser el que domine, pero nada más –concluyó Aleksy atrayéndola hacia sí.

Clair volvió a sentirse sumamente excitada y jadeó.

–Eso si a ella le gusta –murmuró Aleksy.

–Es una pena que el dinero no esté aún en mi cuenta –declaró Clair casi con pesar–. Vuelva a sus habitaciones. Hablaremos mañana.

Después de convencerse a sí misma de que acceder a la propuesta de ese hombre era una locura.

Aleksy la soltó despacio, pero, al hacerlo, le rozó suavemente el lateral de los pechos, haciéndola temblar de nuevo.

–¿Y dejarte tiempo suficiente para que desaparezcas con mi dinero? No, ni hablar. Puede que lograras sacarle a Van Eych lo que quisieras, pero yo no tolero a ladrones ni a embusteros. Recoge tu pasaporte y la maleta. Tengo propiedades por todo el mundo. Elije un sitio. Cuando aterricemos, tú ya tendrás tu dinero y entonces... yo te tendré a ti.

Capítulo 4

ESTA noche me quedo sin casa, así que tengo que recoger mis cosas –dijo Clair con patente amargura–. El viaje tendrá que esperar.

Clair continuó recogiendo la ropa del cesto de ropa sucia.

–No me provoques, Clair.

Con el rostro enrojecido, Clair enderezó la espalda y, furiosa, dijo:

–¿Qué quiere que haga, que deje mis cosas tal como están para que, cuando vengan a limpiar, me lo tiren todo a la basura? ¿Qué más quiere de mí, aparte de mi puesto de trabajo, mi casa y...?

Clair cerró la boca. Los labios le temblaron durante un momento en el que dio la impresión de encontrarse completamente indefensa.

–Es usted el que ha vendido este piso y me ha dejado en la calle –añadió ella–. Así que deje de quejarse de que la situación no se ajuste a sus planes.

Se estaba comportando como una adolescente.

Aleksy achicó los ojos cuando ella le dio la espalda, siempre atento cuando las mujeres intentaban manipularle; aunque a veces, si le convenía, se dejaba manipular. Si lo que Clair quería era hacerle sentirse culpable, se iba a llevar una gran decepción. Por si no se había dado cuenta del poder que él tenía y de su falta de empatía, iba a hacerle una demostración.

Con una llamada telefónica, esa vez en inglés para que Clair lo pudiera entender, le dejó bien clara la situación.

–¿Otra vez el eficiente Lazlo? –preguntó ella sin volverse.

–Va a ir a buscar a un joven que creo que conoces, Stuart, del departamento de contabilidad. Stuart va a hacer un inventario de todas tus pertenencias y se encargará personalmente de llevarlas a un almacén de alquiler que, por supuesto, pagaré yo.

–¿Stuart, del departamento de contabilidad, va a revolver en los cajones donde guardo la ropa interior? Y luego, supongo, irá contando por toda la oficina lo que ha visto.

–No si quiere conservar su puesto de trabajo –a Aleksy no le gustó la forma en que Clair había palidecido y mucho menos la idea de que el tal Stuart acariciara la ropa interior de Clair.

Deseó acercarse a ella, acariciarla y calmarla, lo que era extraño en él.

–Vamos, recoge lo que no quieras que nadie toque y pongamos fin al retraso –murmuró–. Dispones de una hora.

Al final, Clair eligió París, pero no por los motivos que él creía.

–La ciudad del amor –había dicho Aleksy con ironía–. Por supuesto, un lugar perfecto para pasar el fin de semana.

«El fin de semana». Solo de pensarlo un delicioso hormigueo le contrajo el vientre.

Trató de ignorar esa reacción y se dijo a sí misma

que había elegido París por si necesitaba volver a casa por su cuenta. Por supuesto, no tenía casa, pero un vuelo a Londres desde El Cairo, Vancouver o Sídney acabaría con el poco dinero de que disponía.

Durante el viaje, Clair pensó en cómo iba a financiar el alquiler de un piso y dónde empezar a buscar trabajo; de esa manera, evitó recordar la expresión de Stuart al ver a Aleksy en el apartamento en el que ella había vivido hasta entonces.

Aleksy le había puesto una mano en la espalda, en un gesto posesivo, y había dicho:

—No tengo relaciones con mis empleadas. Clair ya no trabaja en la empresa.

Ella se había marchado sin despedirse de nadie, por vergüenza, consciente de que había sellado su destino. Ahora sí que se había ganado fama de casquivana, aunque era mejor a que la consideraran una ladrona.

Pero lo peor, lo que más le preocupaba, era lo obsesionada que estaba con ese hombre. Y esa obsesión la hacía sentirse sumamente vulnerable.

—Clair.

Cuando la tocó, ella apartó los ojos de la ventanilla del coche.

—Ya hemos llegado —le dijo Aleksy.

Las luces de París la deslumbraron. El olor de la lluvia conllevaba una promesa de frescor cuando Aleksy salió del coche. El corazón le latió con fuerza cuando él le dio la mano para ayudarla a bajarse del automóvil.

Mientras Aleksy la guiaba hacia un edificio, Clair se detuvo un momento para mirar al cielo y pasear los ojos por la elegante fachada de piedra. No era una construcción de cristal y acero, sino un edificio con balcones de hierro forjado y macetas con flores primaverales.

—Muy bonito —dijo Clair.

—Una buena inversión —replicó Aleksy con indiferencia.

El comentario la dejó helada.

—Si tan importante es para usted invertir, ¿por qué quiere deshacerse de todas las propiedades de Victor? Estoy segura de que a su familia le habría gustado quedarse con lo que usted no quería.

—Sus hijos ya se han quedado con mucho —respondió Aleksy. Y se detuvo delante de la puerta para teclear un código—. Les he dejado quedarse con sus casas porque sus mujeres y sus hijos no tienen la culpa de nada; pero ellos, por el contrario, sabían lo suficiente sobre cómo amasó su padre la fortuna que tenía. De hecho, podían haberse opuesto a que yo adquiriera la empresa, pero no lo hicieron, a pesar de que solo tuve pruebas de los delitos de Van Eych cuando los libros de contabilidad estuvieron en mi poder.

Aleksy esbozó una cruel sonrisa al tiempo que sujetaba la puerta para cederle el paso a ella.

—¿Le divierte destrozar una familia?

—No, no me divierte, pero tengo mis razones.

Clair entró en una sala bañada en una luz dorada; pero no prestó atención, absorta en la búsqueda de un resquicio de humanidad en la inflexible expresión de Aleksy. Hasta ese momento no le había preocupado lo que pudiera pasarle, solo había pensado en que se arrepentiría toda la vida si rechazaba el dinero que él le había ofrecido. Los huérfanos necesitaban ayuda y ella podía proporcionársela con ese dinero. Victor había muerto y... ¿quién donaría dinero a una fundación presidida por una mujer relacionada con un ladrón de guante blanco? No, si no le seguía la corriente a Aleksy, la fundación jamás existiría. Sin embargo, la realidad la golpeó con fuerza cuando él cerró la puerta a sus espaldas.

Aleksy Dmitriev era un hombre duro, aunque no creía que fuera cruel. No era solo reservado como ella, que evitaba sentir para no sufrir, Aleksy no parecía sentir nada. ¿A qué se debería su falta de corazón?

Pero... ¿tenía eso importancia? Ahora ella le pertenecía.

Se le encogió el corazón.

—¿Prefieres cenar en casa o fuera? —le preguntó Aleksy.

La proximidad de él, la intensidad de su mirada, le impidieron responder. La barba incipiente acentuaba su virilidad. Al mirarle los labios, rememoró esos mismos labios acariciándole los suyos eróticamente. Deseó acariciar esas curvas masculinas y sensuales.

—La barba te rasparía si te besara como me estás pidiendo que haga —comentó él en tono burlón, haciéndola volver a la realidad.

—Yo... —Clair trató de contradecirle, pero no pudo. Avergonzada, dio unos pasos por la estancia.

—Voy a ir a darme una ducha y a afeitarme. Mientras tanto, ponte uno de esos vestidos de cóctel que me preguntaste si necesitabas traer. Quiero verte las piernas.

Clair le lanzó una mirada furiosa, pero él desapareció por el pasillo. ¿Tenía motivos para estar enfadada? ¿Acaso no se había vendido a él?

Miró a su alrededor mientras se esforzaba por recuperar la compostura. El salón era enorme y solado de mármol, con alfombras creando diferentes zonas. El ambiente era muy masculino, con un escritorio en un rincón. El piso ocupaba el ático del edificio.

Había considerado a Victor un hombre obscenamente rico. Sacudió la cabeza y se recordó a sí misma que el valor de una persona no se medía por sus posesiones, sino por su carácter. Se preguntó qué clase de hombre era Aleksy bajo la máscara de pulido granito con que se cubría.

Al salir de la ducha, Aleksy vio que el equipaje de Clair ya no estaba en su habitación.

Fue como una bofetada en el rostro. Las mujeres nunca le rechazaban. Además, Clair había sellado el trato. ¿Tenía intención de incumplirlo?

Cubierto solo con una toalla, Aleksy agarró el móvil, salió de la habitación y fue al salón. Al fondo del piso, tan lejos como era posible de la habitación principal, se encontró con una puerta cerrada. Al abrirla, vio la maleta de Clair encima de la cama y oyó el ruido del secador de pelo en el cuarto de baño adyacente.

Sintió un alivio preocupante.

«Contrólate», se ordenó a sí mismo mientras volvía a su cuarto. Clair era una mujer más, igual que las demás. Por supuesto, le proporcionaba una inmensa satisfacción la idea de apoderarse de lo que Victor había deseado, pero era un hombre paciente y había pasado dos décadas persiguiendo a Victor. Por lo tanto, ¿qué eran un par de horas más de espera para la conquista final?

Se puso unos vaqueros negros y un jersey gris claro y regresó al salón. Hizo unas llamadas telefónicas paseándose por la estancia, inquieto, reprimiendo su deseo mientras esperaba a que un restaurante cercano les llevara la cena.

Y esperando a Clair.

Clair entró en el salón, preparada para verse sometida al examen de Aleksy. Él estaba hablando por teléfono, de perfil.

Había supuesto que ella sería la diana de una penetrante mirada, pero resultó ser al contrario. Le temblaron las piernas mientras contemplaba la longitud de la espalda de Aleksy y el modo en que los vaqueros se le ceñían a las nalgas y a las musculosas piernas. Se imaginó a sí misma acariciando esos brazos enfundados en cachemira y hundiendo los dedos en los húmedos cabellos. Y ahogó un gemido de deseo.

Aleksy cortó la comunicación y, al volverse, la despojó del vestido de seda morado con los ojos.

La fuerza de la mirada la dejó clavada al suelo. De repente, se dio cuenta de que, al margen de querer ayudar a niños huérfanos, el verdadero motivo por el que estaba allí era que quería estar con él. Le asustó admitirlo, después de pasarse la vida convenciéndose a sí misma de que no necesitaba ni quería a nadie.

–Encantadora –dijo Aleksy, subiendo la mirada de las rodillas al semblante de ella.

A Clair le dio un vuelco el estómago debido al impacto de unas intenciones sexuales tan claras.

–A Victor le gustaba –comentó ella, sin saber por qué. Quizá por disimular su excitación.

Aleksy achicó los ojos y dijo con voz gélida:

–Ten mucho cuidado con lo que dices, Clair. Mejor no menciones a ese hombre.

El timbre la libró de responder.

Aleksy abrió la puerta y unos camareros uniformados entraron en la vivienda. Sirvieron la cena en un extremo de la mesa de comedor; con velas, vino, música y flores incluidos. El aroma de las flores se mezcló con los desprendidos por una salsa de naranja y pato asado.

Con paso incierto, Clair se acercó a la silla que Aleksy había apartado para ella.

Cuando se encontraron a solas de nuevo, Clair se aclaró la garganta.

–Antes dijiste que... que llevabas tiempo con los ojos puestos en la empresa. Antes de sufrir el ataque al corazón, Victor estaba muy estresado. ¿Se debía al hecho de que tú ibas a adquirir la empresa?

–¿Me estás acusando de haber sido el causante de su muerte?

Aleksy había hecho la pregunta en tono impersonal, pero ella notó la amenaza oculta en esas palabras. Y palideció.

–No –respondió Clair con voz débil.

–A mí también me ha pasado, otras empresas han querido hacerse con la mía, y ni siquiera me ha subido la presión arterial. Van Eych sabía lo que se le venía encima y eso debió de causarle estrés. Pero no se cuidaba. Creía que el exceso de peso y la vida sedentaria que llevaba no perjudicarían su salud.

–Lo sé. Le dije muchas veces que...

–No quiero que me cuentes lo que le decías –la interrumpió Aleksy con dureza–. Estoy harto de ese hombre y quiero olvidarme de él. Quiero borrar su existencia.

Aleksy estaba hablando más de la cuenta, pero esperaba que eso pusiera fin a los irritantes comentarios respecto a Victor. Miró con ira el elegante y sencillo vestido que marcaba las delicadas curvas de Clair a la perfección y le ofendió que Victor lo hubiera pagado.

–Bueno, eso responde a la pregunta que realmente estaba haciendo –dijo ella con sumisa impertinencia–. La pregunta era si tenías algo en contra de Victor.

–¿Algo en contra? –repitió Aleksy casi ahogándose por lo inadecuado de la expresión al hablar de un hombre que era el responsable de la muerte de su padre, del lento declive de su madre, de su propia tendencia a la autodestrucción.

Bebió un sorbo de vino para tragar el nudo que se le había formado en la garganta y añadió:

–Sí, Clair, tenía algo en contra de él.

Clair sabía que tenía que andarse con cuidado, pero no pudo evitar preguntar:

–¿Qué?

–Él sabía qué. Eso es lo único que importa.

–Pero yo no –protestó Clair.

Aleksy esbozó una sonrisa y Clair se dio cuenta de que él sabía lo que realmente le preocupaba.

–Has hecho un trato conmigo, Clair. ¿Te he preguntado yo por qué lo has hecho?

Aleksy ya le había dejado claro que no le importaban sus motivaciones. Se trataba de un trato, no de un romance, pero la angustia que le cerraba el estómago se debía a que sabía que Aleksy, realmente, no la quería en absoluto. Era evidente que la encontraba atractiva, pero ella no quería sentirse una mujer objeto. Quería que su primera experiencia sexual fuera, al menos, sensual, no una especie de sello en un sobre. ¿Y qué pasaría cuando Aleksy descubriera que era una mujer virgen sin experiencia?

–Quiero entender la situación. Al principio, cuando creías que había tenido relaciones con Victor, no querías saber nada de mí. Sin embargo, cuando te enteraste de que no me había acostado nunca con él, me acorralaste y me pusiste en una situación en la que no tuve más remedio que aceptar este trato. Si lo que quieres es hacerte con todas las posesiones de Victor, ¿por qué me has incluido a mí? ¿Y por qué vas a venderlo todo nada más adquirirlo?

Aleksy endureció la mandíbula y respondió con brutalidad:

–Para destruir todo lo que él construyó. Para borrar del mapa su huella.

–En ese caso, te advierto que a mí no me vas a destruir –le espetó Clair acaloradamente–. Yo no era una posesión de Victor. A mí no me vas a borrar de ningún sitio.

–Él creía que le pertenecías –contestó Aleksy–. Y tú dejaste que todo el mundo lo creyera.

–Eso no te da derecho a tratarme como a...

–¿Un objeto? –Aleksy se cruzó de brazos y se inclinó hacia ella–. ¿Y a ti qué más te da? Has conseguido lo que querías y yo conseguiré lo que quiero. No veo ningún problema.

Lo había, pero solo para ella, al parecer.

Clair respiró hondo, agarró el tenedor y dijo con voz tensa:

–Solo para aclarar las cosas... Lo que has adquirido no es necesariamente de tu gusto, ¿verdad? Vas a deshacerte de todo, ¿no es así? –en un acto de valentía, Clair le miró directamente a los ojos.

–Pero tú te vas a quedar con cien mil libras esterlinas, Clair. Y ahora, cambiemos de tema.

–Me parece que ya lo has hecho –murmuró ella clavando los ojos en el plato de comida.

Le había quitado el apetito la idea de haberse encaprichado de un hombre cuya promesa a ella de placer era una forma de venganza para él.

La actitud de Aleksy le dolía, pero le dolía más aún que eso ocurriera. Quería sentir indiferencia, igual que él.

–¿Sí? –dijo él sarcásticamente.

–Sí –afirmó Clair dejando el tenedor en el plato bruscamente.

No tenía sentido intentar comer, la consumían los nervios.

–Está bien, hagámoslo ya –declaró Clair con voz temblorosa.

Las palabras de Clair sorprendieron a Aleksy.

–¿Qué te pasa? ¿A qué viene tanta prisa de repente? –preguntó él achicando los ojos.

Clair ignoró el martilleo de los latidos de su corazón. Estaba decidida a mostrarse fría e impertérrita, igual que las mujeres a las que, con toda seguridad, Aleksy estaba acostumbrado.

–A que quiero realizar esta transacción lo antes posible con el fin de poder seguir con mi vida normal.

Clair se levantó de la mesa, salió del salón y se dirigió al dormitorio de él sin mirar atrás, sin oír los pasos de Aleksy a sus espaldas porque le pitaban los oídos. El cuerpo entero le temblaba.

Clair se detuvo delante de la imponente anchura de la cama.

¿Qué estaba haciendo allí? La asaltaron las dudas. ¿Iba a desnudarse delante de un hombre y a permitirle la entrada a su cuerpo?

Las yemas de unos dedos le acariciaron la espalda. Aleksy le bajó la cremallera del vestido y ella, rápidamente, se agarró la pechera, presa del pánico.

Aleksy la rodeó con los brazos y le capturó la boca con la suya. Deslizó una mano por debajo del tejido que ella sujetaba y le acarició uno de los senos con firmeza.

A Clair le asustó el placer que sintió. La situación no solo escapaba a su control, sino que era explosiva. Echó la cabeza hacia un lado y apartó a Aleksy de su cuerpo con los brazos.

—¡Vas demasiado rápido!

Capítulo 5

Sus palabras provocaron un profundo silencio que Clair aprovechó para recuperar la compostura.

«Cálmate», se dijo a sí misma. Pero, con el calor del cuerpo derritiéndole los huesos y las manos de Aleksy recorriéndole la espalda, le resultó imposible. Tenía que hacerle ir despacio o se apoderaría de ella por entero.

—Hace apenas un momento tenías mucha prisa —comentó Aleksy.

Clair alzó la barbilla automáticamente, a pesar de que desafiar a ese hombre era lo más estúpido que podía hacer.

—A las mujeres nos gusta que nos seduzcan —fue lo único que se le ocurrió decir.

—¿Sí? —dijo Aleksy con una voz que le provocó un hormigueo en el vientre—. ¿No será que quieres averiguar el aguante que tengo?

—No estoy... No voy a echarme atrás —susurró ella—. Lo único que quiero es ir más despacio. ¿Tan poco razonable te parece? —Clair deseó tener la experiencia suficiente para saber exactamente en qué se estaba equivocando.

—¿Qué te pasa, quieres hacer esto más interesante o te da miedo perder el control?

A Clair le sorprendió la exactitud de la suposición de Aleksy. Era verdad, le resultaba imposible controlar la reacción de su cuerpo cuando estaba con él. Y eso le aterrorizaba.

Aleksy le tocó los labios con la yema de un dedo y le temblaron.

—Cuando quieras que te bese, dímelo —murmuró él.

«Ya». No podía negar que quería esa boca. Y también quería lanzar la fundación. Si no olvidaba eso último, quizá lograra salir de la situación en la que se encontraba sin dar demasiado de sí misma.

—Ahora —respondió ella con una voz que se hacía eco de su confusión.

—¿Ahora?

Aleksy le mordisqueó el labio inferior.

—Sí, pero solo un beso... por favor.

Aleksy lanzó una carcajada que conllevaba una nota de amargura y le acarició la mandíbula. Después, hundió los dedos en sus rubios cabellos y ella echó la cabeza hacia atrás.

—Ya que me lo has pedido por favor...

Aleksy le besó el cuello suavemente.

Clair se estremeció mientras los labios de él le acariciaban la mandíbula, la mejilla y la sien.

Era una sensación maravillosa que le hizo temer perder el equilibrio. Plantó las manos en el pecho de Aleksy en busca de estabilidad y cerró los ojos, agradecida por la paciencia que él estaba mostrando con aquellos besos suaves como las caricias de una pluma. Aleksy le estaba dando tiempo para absorber cada caricia y adivinar la siguiente.

Sin darse cuenta de lo que hacía, Clair buscó un

beso de verdad. Cuando el aliento de él le rozó los labios, los abrió, invitándole, pero él apartó el semblante y un gemido de decepción escapó de su garganta.

Clair le frotó el pecho con dedos inquietos, algo nuevo para ella. Palmeó los duros músculos cubiertos por el tejido de cachemira.

–Aleksy –se oyó decir a sí misma con una voz que no le pertenecía.

–¿Quieres mi boca en la tuya? –preguntó él en tono ronco.

–Sí.

Aleksy le acarició los labios con los suyos suavemente.

Clair sintió un hormigueo en el vientre.

–Más –susurró.

–Dime qué es lo que quieres –le ordenó Aleksy.

Clair dejó escapar un gemido de frustración. ¡No lo sabía! ¿O sí? Quería un beso de verdad, profundo, enloquecedor.

Se puso de puntillas y, en un intento por demostrar lo que quería, aplastó los hinchados labios contra los de él y, delicadamente, le invadió la boca con la punta de la lengua.

Aleksy se tornó rígido.

Lo estaba haciendo mal, pensó Clair. Temerosa de su fracaso y del rechazo de Aleksy, intentó apartarse, pero él la estrechó contra su cuerpo y, al momento, le acarició la lengua con la suya. Fue como si una corriente eléctrica la hubiera atravesado.

Se quedó muy quieta, pero Aleksy se lanzó a procurarle lo que ella anhelaba, arrojándola a un mundo sensorial que le había sido desconocido hasta entonces.

Clair le acarició los hombros con unas manos que parecían haber cobrado vida propia para después hundir los dedos en los cabellos de él.

Aunque Aleksy la abrazaba, no la tenía pegada al cuerpo. Fue ella quien, sin darse cuenta, empezó a frotarse contra él. El cuerpo del vestido se le había caído hasta la cintura, pero no le importó, sus senos se hinchaban hacia él. Un gemido de placer escapó de sus labios.

—¿Qué es lo que quieres? ¿Esto? —Aleksy le agarró una mano, la pasó por debajo de su jersey y se la llevó al pecho.

Perpleja, Clair exploró con afán. La piel de Aleksy era como el satén, el vello de su pecho era liso y ligeramente áspero; los pezones estaban contraídos y los acarició con fascinación.

—¿Quieres que te haga yo a ti eso? —Aleksy bajó la cabeza, le atrapó el lóbulo de la oreja con los labios y lo chupó—. ¿Y esto?

Clair gimió de placer al imaginárselo chupándole los pezones.

—Sí.

—En ese caso, quítate el vestido —dijo Aleksy al tiempo que la soltaba y daba un paso atrás.

Temblando, Clair bajó la mano, la deslizó por el vientre de él y sintió cómo se le contraían los músculos del abdomen. Ese hombre era único. Lo que estaba ocurriendo era extraordinario. Se sentía acalorada y fascinada. Viva.

Pasara lo que pasase, nunca olvidaría a Aleksy. La razón le gritaba: «¡Escapa!». La unión que sentía con él en ese momento era temporal y su ruptura la haría sufrir, pero no importaba. Le deseaba desesperadamente. Tanto que se sorprendió a sí misma bajándose el vestido, que quedó caído a sus pies.

Solo la cubría el sujetador, las bragas y las medias, todo ropa interior negra y práctica. Se llevó las manos a los pechos.

—Pídeme que te lo desabroche —dijo Aleksy.

—Yo...

Le asustaba lo desconocido, pero más le asustaba parar. Sin embargo, no podía moverse, estaba paralizada.

Aleksy se le acercó y le desabrochó el sujetador. Clair apoyó la cabeza en el pecho de él, consciente de que el sujetador le colgaba suelto de los hombros. Sus pechos estaban desnudos, pero sentía el calor de las palmas de él en la espalda. Cruzó los brazos para taparse los senos, le faltaba confianza en sí misma para mostrárselos.

—Siéntate en la cama —le dijo Aleksy poniéndole una mano en el codo.

Clair obedeció porque, de no sentarse, temía caerse al suelo. Alzó el rostro hacia el de él y Aleksy la miró con distante intensidad.

De repente, Aleksy le deslizó una mano por detrás de la rodilla, le acarició la pierna y se la subió hasta ponerse un pie de ella en el vientre, obligándola a quedar tumbada en la cama.

Clair se alarmó al darse cuenta de que la postura le había abierto las piernas. Rápidamente, bajo la mirada de él, tan tangible como una caricia, se cubrió el vientre con una mano.

Sus zapatos cayeron al suelo. Aleksy se inclinó para acariciarle la mano que le cubría el sexo.

—Deja que te las quite —dijo Aleksy acariciándole

una pierna enfundada en una media–. Quieres sentir mis manos en tu piel, ¿no?

–Sí, pero... ¿No vas a desnudarme?

–Sí, pero despacio.

Aleksy le quitó las medias y, de repente, Clair no pudo ignorar que solo la cubrían las bragas. Contuvo la respiración al imaginar lo que estaba a punto de pasar. Y después...

Aleksy se quedó quieto, mirándola con orgullo y autoridad, con poder.

–¿Quieres que me tumbe contigo?

Clair lanzó una nerviosa carcajada. Aleksy debía de saber lo mucho que le deseaba y quería hacerla suplicar. Pero... ¿qué podía hacer? Estaba desesperada por sentirle encima de ella.

–Sí –respondió Clair, dándose por vencida.

–En ese caso, hazme sitio –dijo Aleksy devorándola con la mirada.

Clair estiró las piernas y apartó la mano de su sexo. Y se sintió más vulnerable que nunca.

Aleksy le puso las manos a ambos lados de la cintura mientras deslizaba la mirada por sus senos. Tardó mucho en clavar los ojos en los suyos.

Entonces, sorprendiéndola, Aleksy la agarró por las muñecas y le subió los brazos por encima de la cabeza. Al mismo tiempo, le hizo abrir las piernas con la rodilla antes de tumbarse encima de ella.

Clair lanzó un gemido de placer e hizo un esfuerzo por soltarse las manos, pero Aleksy la agarró con firmeza, impidiéndoselo.

Si Clair le tocaba, pensó Aleksy, perdería el control por completo. Esa mujer era exquisita.

Se dijo a sí mismo que Clair estaba jugando con

él, que intentaba ganar una lucha por el poder que él había iniciado, decidido a salir victorioso. Sujetándola por las muñecas con una mano, con la otra le acarició un pecho, una cadera, el muslo. Alzó la pierna de Clair y se rodeó la cintura con ella. Le presionó el sexo con el suyo y comprobó que Clair estaba a su merced. Aprovechó el momento y se frotó contra ella, quería que Clair perdiera el control antes que él.

La excitación sexual había enrojecido las mejillas de Clair y tenía turbia la mirada. Cuando Clair alzó las caderas estuvo a punto de producirle un orgasmo, pero el gemido de ella casi compensó el sacrificio de apartarse de ella. Estaba ganando el combate, pero le estaba costando.

Clair no podía hablar, solo gemir de placer. Siempre había mantenido las distancias con los hombres, pero en ese momento se estaba sometiendo a uno. Por completo. Y respiraba su olor viril y agresivo como si fuera una droga.

Aleksy le masajeó los pechos y se le irguieron los pezones.

—Aleksy, por favor... —suplicó ella.

Aleksy lanzó un gruñido de satisfacción antes de apoderarse de uno de sus pezones con la boca. La erótica sensación casi la hizo saltar de la cama. Un húmedo calor le inundó el sexo. Toda ella era un latido de deseo. Y, cuando Aleksy pasó al otro seno, se arqueó hacia él, incapaz de contener un grito.

La mano de Aleksy le acarició la parte posterior del muslo. Después, deslizó los dedos por debajo de las bragas y le tocó los pliegues lubricados e increíblemente sensibilizados.

Clair había creído que conocía su propio cuerpo, pero la intensidad del placer que sintió la tomó por sorpresa.

–Oh, Aleksy...

–Esto no me lo habías pedido, ¿verdad? –preguntó él con mirada inescrutable–. ¿Quieres que te toque? –Aleksy le levantó la pierna y se colocó un tobillo de ella en el hombro–. ¿O... que te bese?

Una nueva oleada de deseo la invadió. Instintivamente, trató de cerrar las piernas en rechazo a semejante y traicionera reacción, pero él se lo impidió.

–¿Sí? –le murmuró Aleksy antes de besarle el pecho, el vientre–. ¿Quieres que te quite las bragas con los dientes?

–Desnúdate antes –dijo Clair, que no podía soportar la idea de estar desnuda mientras él permanecía completamente vestido.

Despacio, Aleksy se separó de ella, lo que a Clair le permitió un momento de claridad. Se dio cuenta de que tenía las piernas abiertas y las bragas húmedas. La tensión hacía que le temblara el vientre y los pezones se alzaban en unos pechos que subían y bajaban al ritmo de su entrecortada respiración.

Había perdido las inhibiciones. No le importaba el aspecto que tenía, solo que él continuara haciéndole el amor.

A Aleksy le estaba resultando imposible controlar su erección. El instinto le gritaba que la poseyera.

Vio a Clair torcer su delgado cuerpo y tuvo que contener un grito de deseo. La lógica le había abandonado, solo podía pensar en que Clair sabía a verano, olía a mandarinas y se deshacía como la miel bajo sus caricias.

No le bastaban las manos y la boca, necesitaba estar dentro de ella. Padecía la erección más dura de su vida.

Clair quería volverle loco y lo estaba consiguiendo, pero no iba a permitir que ella lo supiera.

–Aleksy... –Clair le miró con languidez y a sus ojos asomaron las dudas unos instantes.

–Estaba esperando a que me lo pidieras –dijo él con voz burlona al tiempo que se quitaba el jersey y lo tiraba al suelo.

–Oh...

El quedo suspiro de ella le hizo sonreír con cinismo. No era la primera vez que oía algo parecido cuando se desnudaba, pero la forma en que Clair se pasó la lengua por los labios le provocó aún más.

–¿Algún problema? –Aleksy se quitó los vaqueros. Pero antes de dejarlos caer, sacó un preservativo de uno de los bolsillos.

Algo asomó a los ojos de Clair. ¿Confusión? ¿Alivio? ¿Consternación?

–Querrás que utilice un preservativo, ¿no? –la idea de entrar en el cuerpo de Clair, sin protección por primera vez en la vida, hizo que se tomara unos segundos para recuperarse.

La deseaba con desesperación.

Con medida lentitud, se despojó de los calzoncillos.

Clair se lo quedó mirando y él se lo permitió porque iba a hacer lo mismo con ella. No obstante, la mirada de ella aumentó su erección dolorosamente.

–Eres... –comenzó a decir Clair con voz débil, pero se interrumpió.

Aleksy rasgó el envoltorio del preservativo y se lo

puso con un temblor de manos que traicionaba su aparente frialdad.

–¿Lista?

Clair no respondió, se limitó a mirarle con los ojos muy abiertos, y en ellos se reflejó algo que él no pudo interpretar. ¿Se había propuesto volverle loco?

Aleksy le agarró la cinturilla de las bragas despacio, dándole tiempo suficiente para hacerle ir más despacio si así lo quería.

Clair no le detuvo y él sintió la satisfacción de quitarle la última prenda que la cubría. El vello que cubría el sexo de Clair era dorado.

–Eres muy bonita –murmuró él acariciándole suavemente los rizos sedosos, la húmeda seda y...

Clair se arqueó y gimió. Le acarició y le abrazó las caderas con las piernas.

–No podía imaginarme que alguien pudiera hacerme sentir así –susurró ella.

Pero Aleksy no quería oír hablar de otros hombres. No obstante, el comentario le sacó del mundo de deseo en el que había estado sumido y le devolvió a la realidad. ¿Estaba Clair tratando de ponerle celoso? En ese caso, se iba a asegurar de que Clair se olvidara de todos los demás.

–¿Me deseas?

–Mucho –respondió Clair pegando el pecho y el vientre a él, acariciándose la mejilla con la suya.

–¿Y esto? –Aleksy llevó el miembro al sexo de ella.

Clair contuvo la respiración y se quedó muy quieta.

Aleksy apretó los dientes, la espera era una tortura.

Despacio, Clair movió las caderas para permitirle el acceso.
–Sí...
Aleksy le lanzó una embestida.

Capítulo 6

CLAIR lanzó un grito, que ahogó inmediatamente. Pero había sido un grito de dolor.

Atónito, Aleksy sintió escozor en los hombros, en el lugar en el que ella le había clavado las uñas. Le dolía el miembro por la barrera que le estaba impidiendo ultimar la penetración. Bajo su cuerpo, Clair se había puesto tensa.

Durante unos instantes, se quedó quieto, incapaz de comprender la situación.

—No creía que doliera tanto —susurró ella.

Instintivamente, Aleksy fue a apartarse. Pero Clair gimió y se aferró a él con las piernas.

—Por favor, no te muevas.

Poco a poco él fue dándose cuenta. No se trataba de que hubiera ido demasiado rápido. Era... Clair era...

—¿Eres virgen? —preguntó él con incredulidad.

Clair se encogió y parpadeó.

—Creo que... ¿ya no?

—No me acuesto con vírgenes —le espetó Aleksy, pero ya estaba dentro de ella. ¿Cómo había podido pasar? La razón exigía respuestas, pero las sensaciones le impedían pensar.

Clair estaba tensa, ardiente y vulnerable. Él estaba lívido. Sabía que aquello era un error, pero le resultaba imposible dar marcha atrás. El deseo hacía que le temblara el cuerpo. Aquello no podía ser. Debía parar.

–Por favor, no lo estropees –dijo Clair con voz débil.

El dolor se le estaba pasando y comenzó a ser consciente del miembro hundido en su cuerpo, caliente e inmóvil.

Sabía que Aleksy estaba furioso, por mucho que le costara reconocerlo, pero ella estaba centrada en cómo su cuerpo se estaba acoplando a aquella invasión. Se le contrajeron los músculos internos. La sensación fue sorprendentemente erótica y pronto le sintió profundizar.

Los dos comenzaron a respirar con dificultad.

Ella soltó el aire despacio, sin mirar a Aleksy. La dureza con la que había declarado que no se acostaba con vírgenes le dolía. ¡No sabía qué hacer! Quería que Aleksy la acariciara. La penetración de él la tenía hipnotizada. Era algo increíblemente íntimo. Quería ir más allá

Pero se daba cuenta de que Aleksy quería desaparecer de allí a toda prisa.

La frustración hizo que las lágrimas asomaran a sus ojos.

–Por favor...

–Deja de decir eso –Aleksy le acarició la cabeza y le secó las lágrimas–. Cuando quieras que sigamos, dímelo.

Parecía enfadado, pero también había habido ternura en su voz. El beso que le dio en los labios fue suave, seguido de otro más prolongado y profundo.

Clair suspiró de alivio, Aleksy no se iba a echar atrás. Le rodeó el cuello con los brazos cuando él tomo posesión de su boca y alzó las caderas para recibirle por entero. Sintió una última punzada de dolor y después... algo maravilloso. No podía poner nombre a lo que sentía. Se frotó contra él, se llenó las manos de él y se deleitó en la sensación de que Aleksy la poseyera.

Aleksy la besó concienzudamente mientras le susurraba al oído palabras en ruso y se movía rítmicamente dentro de ella.

Era perfecto.

Clair echó la cabeza hacia atrás y un gruñido lujurioso escapó de sus labios. No podía hablar, solo entregarse a ese estado primitivo, estirándose y arqueándose bajo el cuerpo de él, gimiendo de placer.

La pasión aumentó. El ritmo de la copulación se aceleró. Las sensaciones eran tan agudas que quiso gritar. Necesitaba más.

–Por favor, Aleksy, por favor...

Tras un gruñido, Aleksy aceleró sus movimientos para procurarle lo que ella le había pedido. Dando y recibiendo, la llevó al clímax.

Clair creyó estar volando. Apenas consciente del grito gutural de él, se dejó consumir por la llama de la pasión.

Aleksy, tambaleándose, se alejó de ella con la excusa de ir a tirar el preservativo. Necesitaba un poco de soledad. Estaba agotado y bañado en sudor, pero seguía deseándola.

Se echó agua fría en la cara y se miró al espejo,

asqueado de sí mismo, con la blanca cicatriz en contraste con el rostro enrojecido.

Había sido una copulación extraordinaria que no debería haber tenido lugar. «¡Vas demasiado rápido!». Ahora entendía por qué a Clair le había costado tanto rendirse a la pasión.

«¡Por favor, no lo estropees!». ¿Qué otra cosa podía haber hecho? ¿Malograrle la primera experiencia sexual con un hombre y dejarla frustrada?

¿Y por qué demonios Clair le había puesto en esa situación?

Regresó al dormitorio para enfrentarse a su equivocación y la encontró sentada en la cama, cubriéndose los pechos con la sábana.

Parecía una novia en la noche de bodas: el cabello revuelto, los labios hinchados y enrojecidos, la expresión de inocente vulnerabilidad.

Aleksy sintió una nueva erección.

Odiaba no controlar sus reacciones. Se negaba a someterse a sus deseos carnales. Con los pies plantados en el duro suelo, se cruzó de brazos.

—No voy a casarme contigo —dijo él en tono de advertencia.

—¿Acaso te lo he pedido?

—Es razonable suponer que, al ofrecerme tu virginidad, sea lo que esperas. Pero desde ahora te digo que lo olvides. No soy de los que se casan —Clair no intentaría hacerle casarse con ella de saber el monstruo que era—. No sabía que eras virgen, así que no pienses que vas a hacer que me sienta culpable.

—No te preocupes, no necesito marido. Sé cuidar de mí misma.

—¿De qué manera? ¿Ofreciendo tu virginidad a

cambio de dinero? –así eran las mujeres con las que se acostaba.

El dolor del insulto le hizo abrir los labios.

Como de costumbre, Aleksy se obligó a sí mismo a no sentir compasión, a cerrarse a todo tipo de sentimientos. Lo mejor era hacerle ver que él no tenía corazón.

Clair disimuló el dolor que sentía, sorprendiéndole.

–Solo yo soy responsable de mis decisiones. Y yo tampoco soy de las que se casan.

Aleksy lanzó un bufido. Las inocentes como ella soñaban con formar una familia. Si su propia familia viviera, esperaría de él un comportamiento muy distinto al que estaba teniendo. Por supuesto, si su familia estuviera viva, él sería tan inocente como Clair.

–Tú no me conoces –declaró Clair–. Y, por supuesto, tampoco quieres conocerme. Para ti no soy más que un botín. Supongo que ya has conseguido lo que te proponías, ¿no? ¿Estoy libre ya?

Las frías y duras palabras de Clair le golpearon con fuerza. Pero, a pesar de recriminarse no haberse dado cuenta antes de ser el primero en la vida sexual de Clair, el instinto animal le instaba a saborearla de nuevo, y no por venganza.

No quería dejar a Clair sola, pero ella tenía que recuperarse. No había tenido el cuidado que debería haber tenido con ella de haber sabido... de haber sabido...

Tenía que dejarla sola, de momento.

Capítulo 7

CLAIR se despertó en un lugar extraño; alarmada momentáneamente, se calmó al recordar. Se sentó en la cama, la de Aleksy, desnuda y sin virginidad. Sintió alivio al ver que estaba sola, necesitaba pensar, asimilar lo que había ocurrido.

Se abrazó las piernas, apoyó la frente en las rodillas y se preguntó cómo podía encontrarse en una situación semejante. No se había criado rodeada de afecto ni tampoco solía sentir la necesidad de tener proximidad física con otras personas.

Sin embargo, se había entregado a las caricias de Aleksy por entero, sin inhibiciones.

Pero, para Aleksy, la satisfacción física había sido algo secundario. Lo que le había motivado había sido vengarse de Victor y, después de la noche anterior, debía de haber perdido todo interés en ella. Por supuesto, no había esperado otra cosa.

La puerta se abrió, sorprendiéndola.

Nada la había preparado para el impacto que la presencia de Aleksy le causó. Llevaba la misma ropa que la noche anterior, pero tenía el cabello húmedo. Recordó esas hebras de pelo entre los dedos y acariciándole los pechos.

Se miraron a los ojos y Aleksy pareció leer los pensamientos que ella trataba de reprimir. Le dolió reconocer su incapacidad para ignorarle; se le endurecieron los pezones y se le humedeció la entrepierna al instante.

Le preocupó la intensidad de su reacción, revivir sensaciones sin que él la tocara. Traicionando su fuerza de voluntad, rememoró el momento en que habían estado unidos. Aleksy había sido su amante y ella se había sentido amada, no desnuda y vulnerable como en ese momento. Quería revivir el recuerdo.

Pero el hombre que Aleksy había sido la noche anterior ya no estaba allí. El hombre que había entrado en la habitación era un hombre cuya misión era la venganza. Para Aleksy, ella solo era un peón al que sacrificar en una partida de ajedrez.

Supuso que ese era el momento en que Aleksy iba a decirle que se levantara y se marchara.

—¿Tienes hambre? —le preguntó Aleksy con ironía.

¿Acaso le echaba en cara que, en vez de cenar, hubiera preferido satisfacer su deseo por él? De ser así, era muy cruel.

Con un esfuerzo por no perder la compostura, Clair respondió:

—Podría comer algo —alzó la barbilla y le sostuvo la mirada mientras ignoraba la llamada del deseo. Debía comportarse con frialdad, como si nada hubiera pasado. Tenía que marcharse de allí cuanto antes—. ¿Por qué lo dices? ¿Es que no sabes hervirte unos huevos? ¿Necesitas que lo haga yo?

Aleksy arqueó las cejas. Sus ojos dorados se oscurecieron.

—La encargada de la casa es quien cocina. Si ella no está, pido que me traigan la comida a casa.

–Ah. A mí me habría gustado dar un paseo hasta la pastelería más cercana.

La expresión de Aleksy pareció mostrar sorpresa; después, al verle cerrar la boca, ella se mordió el labio inferior. Aleksy no quería pasear con ella de la mano por los Campos Elíseos y tampoco había sido su intención sugerir algo que pudiera tomarse como una aspiración romántica.

–Es la primera vez que estoy en París. Aunque solo sea por una vez en la vida, me gustaría tomar unos cruasanes en un café –dijo Clair a modo de explicación, notando el calor de las mejillas–. Pero da igual, no importa. Y no te preocupes, enseguida estaré lista y me marcharé.

Clair bajó los pies de la cama y le indicó con la mirada que necesitaba estar sola para vestirse.

Aleksy no se movió.

Porque la sábana ya no ocultaba ningún secreto para él, pensó Clair. Tragó saliva. Sabía que no debería querer volver a acostarse con él, pero así era. Examinó el rostro de Aleksy por si así pudiera descubrir sus intenciones.

Pero el semblante de Aleksy no revelaba nada. Por fin, él se adentró en la habitación y se acercó a la cama. Ella se puso tensa, pero él pasó de largo y entró en el cuarto de baño para agarrar algo de detrás de la puerta. Al volver, Aleksy dejó un albornoz a los pies de la cama.

–Tómate el tiempo que necesites.

Cuando Aleksy se marchó, Clair suspiró. Entonces, se quedó mirando la puerta cerrada y se preguntó por qué se sentía tan decepcionada. En apenas veinticuatro horas, ese hombre se había apoderado de su mundo, algo completamente intolerable.

Pero Clair estaba acostumbrada a enfrentarse al mundo sola. Había tenido un momento de debilidad, pero lo superaría. Después de darse una ducha y vestirse se sentiría mucho mejor.

Tenía que ser así.

Aleksy no estaba acostumbrado a que las mujeres le rechazaran. Si deseaba a una mujer, la encontraba. Cuando tenía a una mujer, la tenía. Esperar a Clair en el salón, consciente de que se estaría pasando el jabón por una piel con aroma a mandarina, era una tortura.

La proximidad de ese flexible cuerpo le había obsesionado toda la noche mientras se paseaba por el salón. Haberla poseído debería haber saciado sus ansias de venganza y ahora debería olvidarse de ella y continuar con sus asuntos, pero no podía dejar de pensar en lo exquisita que era. Había creído que poseerla no era más que coronar su victoria sobre el enemigo, pero Clair no había pertenecido a Van Eych. Clair le pertenecía a él, solo a él.

Su plan había sido ir a Londres durante el tiempo que necesitara para acorralar a Van Eych, llevarlo a la cárcel y recuperar todo lo que había robado. Pero la muerte de Van Eych lo había cambiado todo. Ahora ya no tenía por qué seguir en Londres, podía dejar la empresa y su venta en manos de la gente competente con la que contaba. Él debía volver a Rusia y encargarse de otros asuntos que había descuidado últimamente.

Dada la inexperiencia de Clair, también debería olvidarse de ella. Era lo que la razón le decía, pero no así el resto de su ser. ¿Qué sentido tenía comportarse como un caballero ahora? Clair había perdido la virginidad, la había entregado a cambio de sobrevivir después de haber perdido su trabajo y su casa. Si iba a venderse, mejor a él que a otro.

Se aferró a esa lógica con una desesperación que le preocupó. Durante dos décadas su vida se había reducido a una sola cosa: la venganza. Poseer a Clair, en un principio, había formado parte de esa venganza. Pero había resultado ser un escape.

Se sintió confuso al darse cuenta de que quería ese escape otra vez y otra y otra. Sí, deseaba a Clair.

Y decidió que la mantendría a su lado hasta saciar ese inexplicable deseo.

Su decisión recibió un duro golpe cuando Clair apareció en el salón con un vestido blanco. La pureza de ella se le agarró al corazón. Sus cabellos rubios eran como un velo, el poco maquillaje que llevaba realzaba su belleza natural e ingenuidad.

Para que el plan que había esbozado funcionara, Clair iba a tener que cambiar.

—Pediré hora para que vayas hoy a un salón de moda —anunció Aleksy dispuesto a la acción.

De esa manera, la proximidad de Clair no le torturaría durante todo el día. Además, a las mujeres les gustaba que les regalaran un nuevo vestuario.

Con expresión confusa, Clair se llevó una mano al cabello.

—Me he cortado el pelo hace pocas semanas.

Aleksy se contuvo para no alzar los ojos al cielo.

—Me refiero a un salón de ropa —explicó él, añadiendo con ironía–: Así podrás llevar la ropa que a mí me gusta.

Aleksy apartó una silla de la mesa para que Clair se sentara.

–¿Por qué? ¿No te ha bastado con tomar posesión de la chica de Victor? ¿Necesitas ponerle un sello a la mercancía? –un temblor de labios traicionó el frío desafío.

Pero Aleksy no se dejó ofender por el comentario.

–Sí, voy a borrar todo el rastro en ti de ese hombre.

–¿Por quién quieres hacer eso, por ti o por mí?

La expresión de confusión de Clair no era fingida, lo que le hizo sentirse de nuevo en un terreno desconocido.

El ama de llaves se presentó en ese momento con el desayuno, interrumpiéndoles.

Después de que Yvette se marchara, Clair murmuró:

–Como si la situación no fuera incómoda de por sí –le tembló la mano al agarrar un cruasán, el único signo de tensión bajo su aparente compostura.

–¿Incómoda? –repitió Aleksy.

–Puede que para ti sea algo normal desayunar con una desconocida con la que te has acostado solo una noche, pero es mi primera vez.

Aleksy se puso tenso. ¿Era eso lo que Clair pensaba?

–No tengo por costumbre acostarme con una mujer solo por una noche –le informó él con voz queda.

–Ni con vírgenes, si no recuerdo mal.

–Pero ya no eres virgen, ¿verdad?

Clair se quedó muy quieta. Se le oscurecieron los

ojos al conjurar mentalmente imágenes de la noche anterior. Dos círculos encarnados asomaron a sus mejillas. Tragó saliva y apartó la mirada.

Aleksy no quería que se distanciara de él ni que controlara las reacciones de su cuerpo. Clair tenía que enterarse de que una sola vez no era suficiente para ninguno de los dos. Extendió el brazo, le agarró la barbilla y le hizo girar el rostro hacia él.

Vio vulnerabilidad en los ojos de Clair, al igual que angustia, miedo y deseo. De repente, quiso consolarla, ofrecerle ternura...

Clair apartó el rostro bruscamente y adoptó una expresión seria.

—Tengo que volver a Londres.

—¿Por qué?

Bajo la mirada de Aleksy, el corazón empezó a latirle con fuerza. Clair quería ser tan desapasionada como él, pero le resultaba imposible. La habilidad que tenía para distanciarse de la gente se evaporaba cuando se veía sometida a la penetrante mirada de él. Se sentía vulnerable, como pez fuera del agua e insufriblemente sola. Quería escapar antes de que la situación empeorase.

—Tengo que buscar casa y trabajo —le recordó ella.

En ese momento se oyó un ahogado zumbido y Aleksy desvió los ojos al móvil que tenía al lado del plato.

—Perfecto —Aleksy le enseñó el mensaje que le habían enviado por el móvil—. Tu tiempo me pertenece. Al igual que todo lo demás.

Clair leyó el mensaje que confirmaba que la transferencia del dinero se había efectuado: cincuenta mil libras esterlinas en su cuenta.

–Acordamos cien mil –dijo ella. Y se reprochó a sí misma mostrarse tan mercenaria. Pero se trataba de la fundación y no iba a renunciar ni a un céntimo después de la vorágine emocional a la que se había sometido.

Alzó la barbilla para disimular la vergüenza que sentía.

–Uno no llega a ocupar la posición que yo tengo sin asegurar ciertas garantías al efectuar cualquier operación. ¿Y si te hubieras echado atrás en el último momento? –preguntó Aleksy, todo él exudando poder.

–No me he echado atrás. He cumplido con mi parte del trato y espero que tú hagas lo mismo.

–Recibirás el resto del dinero cuando se acabe nuestra relación.

Clair se aferró a la mesa.

–Pero... yo creía que... –¿acaso no le había bastado con una vez? Desde luego, esa era la impresión que le había dado cuando Aleksy la dejó sola después de hacer el amor–. La relación se ha acabado, ¿no?

Clair contuvo la respiración, no estaba segura de qué respuesta quería oír. Le zumbaron los oídos mientras veía algo implacable en los ojos de Aleksy.

–*Nyet*.

¿No? ¿O todavía no? Tan absorta estaba tratando de interpretar la expresión de Aleksy, tan confusa, que no logró traducir lo que él había dicho. Además, había supuesto que volvería a Londres ese mismo día, aunque algo cambiada.

Clair lanzó una carcajada cargada de incredulidad.

–¿Cuánto esperas que dure?

Aleksy se encogió de hombros.

–Hasta que me canse.

No. Le angustiaba la idea de dejarse llevar, de seguirle la corriente.

—No tienes derecho a interrumpir mi vida por un periodo indefinido.

—Considéralo una lección en contra de los contratos abiertos.

—Pero... —el miedo se le agarró a la garganta.

Clair pensó en la facilidad con que Aleksy había derribado sus defensas. No sabía si podría soportar otro asalto.

—¿Cuál es el problema? Tú misma lo has dicho, no tienes casa ni trabajo. ¿Quieres que me encargue yo de eso? Cuando termine nuestra asociación, yo ya me habré encargado de que tengas casa y trabajo.

—No es eso...

Clair notó la sonrisa burlona de él y se preguntó por qué ese hombre interpretaba sus palabras de tal manera que, a sus ojos, ella no era más que una egoísta y una avariciosa, cuando lo que le pasaba era que se sentía completamente desbordada por la situación.

—¿Qué te hizo Victor para que seas así? —añadió Clair en un susurro.

El profundo silencio que siguió le dijo que se había extralimitado.

—Lo que haya habido entre Van Eych y yo no es asunto de nadie. No tiene nada que ver con nuestra relación. Entre tú y yo hay una fuerte atracción a la que no hay por qué renunciar. Cuando se acabe, te dejaré ir y te daré el resto del dinero.

Clair se sorprendió. ¿Una fuerte atracción?

—Yo creía que estaba pagando por los desmanes que un hombre cometió en el pasado —declaró ella.

—*Nyet* —Aleksy desvió la mirada y apretó los dientes–. Nadie podría pagar por todo lo que ese hombre hizo.

Aleksy parecía tan desolado, con un dolor tan profundo, que un extraño deseo de consolarle se apoderó de ella. Pero Aleksy no se lo permitiría, pensó sorprendida por aquel impulso tan impropio de ella. No era una mujer afectiva.

Volvió a pensar en el comentario sobre la fuerte atracción física. ¿Acaso era algo más que un medio para la venganza de Aleksy? Se le aceleró el pulso.

–¿Quieres decir que... que me deseas? –preguntó Clair haciendo acopio de valor.

La expresión de Aleksy se endureció.

–Deseo tu cuerpo.

La ventana de esperanza se volvió a cerrar de golpe.

–Sí, por supuesto.

Clair dejó en la mesa la servilleta que había reposado en sus muslos, había perdido el apetito. Pero ¿por qué se sentía ofendida? También ella lo único que deseaba de Aleksy era su cuerpo, ¿no? Que llevara toda la vida evitando las relaciones íntimas no era otra cosa que su miedo a los sentimientos que las acompañaban. Querer ser querida era angustioso. Desde muy temprana edad había aprendido a suprimir esas tendencias.

Clair paseó la mirada por el cuerpo de aquel hombre y se dio cuenta de que él le estaba ofreciendo un regalo, todos los deleites de la proximidad física sin el torbellino emocional que ello solía conllevar.

Aleksy ladeó la cabeza.

–¿Cómo es que una mujer tan sensual por naturaleza como tú nunca ha tenido un amante?

A Clair le martilleó el corazón al ver la facilidad

con que Aleksy había adivinado su anhelo con solo una mirada. Si permanecía con él debería tener más cuidado con lo que pensaba en su presencia.

–Nunca me había tentado nadie –respondió Clair controlando la voz–. Las relaciones normales no me interesan.

–¿Las relaciones normales? –repitió Aleksy alzando las cejas.

–Sí, salir con alguien en espera de que surja el amor. Buscar al hombre de tu vida –esas quimeras iban seguidas de una inevitable decepción–. Tenías razón al considerarme más pragmática que todo eso.

–Entonces, supongo que has comprendido las ventajas que tiene ser una amante de verdad –murmuró él con frialdad.

Aleksy le agarró una mano y le acarició los dedos. A Clair le tembló todo el cuerpo.

Clair apartó la mano e intentó extinguir un súbito cosquilleo frotándosela contra el muslo. Pero no pudo ocultar el profundo efecto que Aleksy tenía en ella.

Aleksy pareció tomar su respuesta como un acto de consentimiento, porque asintió y se levantó con expresión satisfecha.

–Voy a pedir el coche. Antes de irnos a Moscú necesitas un nuevo vestuario.

–¿Moscú? –preguntó Clair con incredulidad–. No puedo ir a Rusia, no tengo visado.

–Yo tengo tu pasaporte. Lazlo se encargará de todo –declaró Aleksy con un encogimiento de hombros.

–¿Qué pasa? ¿Es que yo no tengo voz ni voto? Soy dueña de mi vida, Aleksy –Clair se puso en pie y se agarró con fuerza al respaldo de la silla.

—Últimamente he descuidado mis asuntos en casa –dijo él con arrogancia–. Tengo que volver y quiero que vengas conmigo. ¿Te parece demasiado pedir?

«Quiero que vengas conmigo», le acababa de decir Aleksy.

«No, Clair, no te engañes, no les des a esas palabras más importancia de la que tienen. No significan nada».

—No me lo has pedido –observó ella, decidida a mantenerse firme.

—No, no te lo he pedido porque lo estoy pagando.

Eso le dolió.

—Sí, lo vas a pagar. Y, desde luego, yo no voy a poner un céntimo en la compra de ese vestuario.

Aleksy esbozó una sonrisa burlona.

—No esperaría otra cosa de ti.

Capítulo 8

ERA evidente que un hombre como Aleksy no podía haber nacido en otro sitio que no fuera Moscú. Era una ciudad tan imponente como él. Los sólidos edificios, las impresionantes torres, las cúpulas, todo ello demostraba fuerza y resistencia. Las fachadas, con las cicatrices que la historia había marcado en ellas, hablaban de un pasado que seguiría siendo un misterio.

Sin embargo, encontró un inesperado idealismo en los arcos, los balcones y en las muestras de atención al detalle que vio en la ciudad. Incluso Aleksy, notó con sorpresa, demostraba cariño y cuidado en la forma en que había decorado su casa, con respeto al arte y al pasado.

Aleksy vivía en un edificio construido para altos cargos del gobierno soviético, según le dijo él cuando llegaron, lo que explicaba la extraordinaria situación de la casa, a orillas del río Moscova. El piso ocupaba el ático de la mansión, completamente remodelado, pero conservando la estética original.

Eso le sorprendió. En todo lo demás, Aleksy se mostraba implacable y solo atendía a sus intereses.

Habían salido de París por la noche y ese primer día Aleksy lo había pasado en su despacho; el teléfono no había dejado de sonar y le había oído hablar en media docena de idiomas por lo menos.

Le sorprendió una fotografía que había en la repisa de la chimenea, en el salón. Era una foto de boda, la novia llevaba un vestido modesto y el novio un traje sencillo y corbata. Una esquina de la foto estaba quemada y el color desvaído, pero el marco era elegante y ocupaba un lugar destacado, lo que subrayaba la importancia de la fotografía para el dueño de la casa.

A juzgar por la semejanza de Aleksy con el novio, supuso que eran sus padres. Aleksy confirmó su suposición con un simple «*da*». No quiso dar más explicaciones y a ella le conmovió la evidencia de un aspecto sentimental en su personalidad.

Aleksy era un hombre tan complejo como aquella ciudad.

Y ahora la había implicado a ella. Indefinidamente.

Clair aún tenía reservas respecto a ceder a las exigencias de Aleksy. No le importaba tanto el comportamiento de él como su sumisión a los deseos de Aleksy. Pero ella no cedía terreno en lo importante y aquello era importante. El Estado ya no se encargaba de ella y no iba a permitir que Aleksy la privara de su autonomía, se la había ganado a pulso.

No obstante, allí estaba. Ahora era la amante de Aleksy.

Hasta que Aleksy se cansara de ella y le pagara el resto del dinero.

Se negó a seguir pensando en algo tan brutal e inevitable, se apartó de la ventana y, con manos temblorosas, agarró los dos vestidos de noche con el fin de decidir cuál ponerse aquella noche para ir al teatro Bolshoi, al ballet.

¡Cómo si supiera qué clase de vestidos llevaban las queridas en Moscú!

Qué inocente había sido al atacar a Aleksy por el dinero, cuando a él le sobraba. No le cabía en la cabeza el dinero que Aleksy se había gastado en ella. Victor le había dado dinero extra para ropa, pero solo el suficiente para no hacer el ridículo con su indumentaria en las reuniones sociales, indumentaria sumamente discreta que no la había hecho destacar.

Aleksy era todo lo contrario. Esos vestidos de noche eran atrevidos y sofisticados, de vivos colores y un corte que solo una mujer con confianza en sí misma llevaría.

Clair no sabía si lograría tener la presencia de ánimo suficiente para vestir semejante tipo de prenda e ir del brazo de Aleksy como su querida.

«Para», se ordenó a sí misma.

—¿Qué haces aquí?

La voz de Aleksy la sobresaltó.

—Me has dado un susto.

Le temblaron las piernas nada más verle. Su reacción era una mezcla de excitación nerviosa y un inexplicable deseo de ganarse la admiración de él.

Hizo lo imposible por contener esos impulsos autodestructivos, pero no logró del todo impedir la reacción de su cuerpo.

Aleksy seguía con unos pantalones deportivos y la camisa que había llevado todo el día, y exhibía una expresión seria. Pero a ella le latió el corazón con fuerza mientras contemplaba el hermoso semblante de él.

¿Cuándo iba a volver a acariciarla? Llevaba todo el día haciéndose esa pregunta.

–Dijiste que tenía que estar arreglada para salir a las ocho –le recordó Clair. Y utilizó los vestidos de noche para taparse, ya que solo llevaba una bata de seda. No quería que Aleksy le notara lo mucho que le deseaba.

–Me refiero a por qué estás en esta habitación –Aleksy dio unos pasos adelante y examinó el interior del armario empotrado en el que había cajas vacías y bolsas para guardar vestidos–. Le dije al ama de llaves que llevara todo lo tuyo a mi habitación.

A Clair le dio un vuelco el corazón. ¿Aleksy quería compartir la habitación con ella? Ya le resultaba difícil compartir la casa, acostumbrada como estaba a vivir sola. Y le resultaba difícil respirar en presencia de él. No, si quería salir airosa de aquella situación, necesitaba disponer de un espacio para ella sola, un espacio en el que refugiarse.

–Las cajas estaban aquí, así que supuse que este era mi cuarto y las he abierto. Además, me gustaría quedarme con este cuarto –declaró Clair con firmeza.

Aleksy paseó la mirada por el montón de ropa nueva.

–¿Lo quieres utilizar de vestuario? De acuerdo, quédate con la habitación si quieres, pero dormirás en mi cama.

Superando un sofocante pánico, Clair dijo:

–No quiero.

–¿Por qué no? –Aleksy le arrojó todo el poder de su intensa personalidad.

Clair tragó saliva. No le intimidaba el poder y la altura de ese hombre, pero era vulnerable a su viril personalidad. Antes o después volverían a hacer el amor, la mujer que había despertado en ella lo anhelaba tanto que llegaba a asustarle. Acostarse con él la haría más dependiente de él y eso no podía ser.

–Yo...

Clair no pudo continuar, Aleksy la había estrechado entre sus brazos. Automáticamente, se puso tensa y, con los puños que aún agarraban las perchas con los dos vestidos, trató de apartarle de sí.

Aleksy bajó el rostro y clavó los ojos en los puños de ella. Aunque no la presionó, Clair sintió la dureza de los músculos del vientre y los muslos de él incitándola como un cálido aliento.

Aleksy le quitó la toalla que le cubría la cabeza. El cabello mojado le cayó por los hombros. Se miraron a los ojos y Aleksy le acarició la mejilla, la mandíbula y el cuello.

–Tengo ganas de que llegue la noche. No sé cómo he logrado trabajar, ya que no he podido dejar de pensar en ti. Quiero acostarme contigo.

Clair trató de evitar que aquellas palabras seductoras le afectaran, pero su cuerpo se estaba derritiendo. Ese era el sensual calor en el vientre que había deseado. Sin embargo, se negó a darle importancia a la declaración de Aleksy de que no había podido dejar de pensar en ella.

Pero, cuando Aleksy bajó el rostro, Clair lanzó un gemido, soltó los vestidos y le rodeó el cuello con los brazos. El roce de los labios de Aleksy en los suyos la hizo estremecerse de placer. Se besaron profundamente, sin necesidad de que él insistiera. Ella le recibió apasionadamente y, de repente, se encontró en el mundo excitante que Aleksy le había descubierto; aunque, al mismo tiempo, intentó no renunciar a sí misma, no darlo todo...

Aleksy alzó la cabeza. Los dos respiraban con dificultad. Tenía las mejillas sonrojadas, pero un brillo de enfado asomaba a sus ojos.

–¿Qué pasa?

–Nada –murmuró Clair, consciente de la tensión que sentía. Resultaba muy difícil mantener la distancia emocional con él. Para distraerse, miró la cicatriz de Aleksy y se preguntó qué le habría pasado.

La expresión de Aleksy se endureció mientras deslizaba las manos por las curvas de ella, haciéndola temblar. Cuando el palpitante miembro de Aleksy le presionó el bajo vientre, ella, asombrada, contuvo la respiración. Aleksy la deseaba.

Incapaz de contenerse, Clair se puso de puntillas y le besó la garganta.

Pero antes de tomar el camino que su cuerpo anhelaba, Aleksy la apartó de sí, se agachó y agarró el vestido rojo y el azul que se le habían caído de las manos. Aleksy tiró el rojo a la cama y, con expresión inescrutable, le acercó el vestido azul al rostro.

–Este –dijo fríamente–. En el salón dentro de media hora.

Cuando la limusina se detuvo, Aleksy salió del vehículo y le ofreció la mano para ayudarla a bajar.

Aleksy llevaba un esmoquin, lazo de corbata blanco y guantes. Otro hombre podría haber parecido algo afectado, pero la viril perfección de los rasgos de Aleksy le confería un aura de severidad y seriedad. Con un edificio de enormes columnas de fondo, Aleksy estaba imposiblemente guapo.

A Clair le temblaron las piernas mientras paseaba la mirada por la gente que pasaba al lado de la fuente helada para dirigirse a la entrada del teatro. Ese era el mundo de Aleksy, completamente distinto al suyo, un mundo que jamás había imaginado visitar.

Atrapada en la belleza del lugar, la embargó una profunda excitación.

Como si aquello no fuera suficientemente mágico, la prestancia de Aleksy hizo que la gente se apartara a su paso. Subieron la escalinata con los cuerpos muy juntos, Aleksy ignoraba con frialdad los murmullos que pronunciaban su nombre y algunas frases en ruso que ella no comprendió, así como las descaradas miradas a su cicatriz.

Imitándole, Clair se negó a prestar atención a las mórbidas miradas y desvió la atención a la grandeza del teatro.

Estaba realmente impresionada. La ornamentación y la pintura de los techos estaban impecables. Durante un momento, tuvo la sensación de haber retrocedido más de un siglo y ser una aristócrata del siglo XIX con un abanico en la mano y encaje alrededor del cuello; y estaba casada con Aleksy, aunque había sido un matrimonio de conveniencia. Lo que no distaba mucho de la realidad, Aleksy la estaba manteniendo y no había esperanza de que surgiera el amor.

Una camarera se les acercó y, al darle la capa que la cubría, Clair se encontró cubierta con el vestido azul que le ceñía las delgadas curvas y la hacía parecer más alta de lo que realmente era.

Aleksy agarró dos copas de champán y, tras un intercambio de palabras con la camarera, le dijo:

—Tenemos el palco del zar.

A Clair estuvo a punto de caérsele la copa de la mano.

Como si no tuviera importancia, Aleksy la guió a través de unas puertas de doble hoja a una sala de estar profusamente ornamentada. Tras cruzar otras puertas, se encontraron en un palco digno de... de la realeza.

El palco estaba decorado en rojo y dorado, la tapicería era de terciopelo, las cortinas tenían flecos dorados. Las hileras de palcos ocupaban el piso entero y estaban separados unos de otros por paredes adornadas con hojas doradas. Lámparas de araña colgaban del techo y lanzaban destellos iridiscentes.

Clair se sentó en la butaca a la que Aleksy la condujo.

–No sabía que Rusia todavía tuviera un zar –balbuceó ella, medio temerosa de que les ejecutaran por estar donde no debían.

La sonrisa de Aleksy la dejó tan mareada como si se hubiera bebido un vaso lleno de alcohol.

–En la actualidad, es el palco del presidente. Podríamos haber ido al mío, pero como este estaba vacío y me estiman en gran medida... –Aleksy se encogió de hombros.

–Debe de encantarte el ballet –al verle arquear las cejas, Clair pensó que, con ese hombre, era mejor no suponer nada–. Lo que quiero decir es que tienes tu propio palco y haces donaciones a la compañía. Todo el mundo te conoce.

–*Litso so shramom* –la expresión de Aleksy cambió al repetir la frase que ella había oído a la entrada del teatro. Lo que resultó revelador fue la fría expresión de él–. Cicatriz.

Clair parpadeó por lo brutal de la declaración. Pero intentó disimular su reacción.

–Adondequiera que vaya no paso desapercibido –dijo él tensando la mandíbula–. Y no, no me gusta especialmente el ballet. Hemos venido esta noche porque es la forma más rápida de anunciar que he regresado a la ciudad. ¿Y a ti, te gusta el ballet?

–Es la primera vez que voy a ver un ballet –respondió Clair bajando la mirada.

Aleksy, por supuesto, había decidido ir al ballet al margen de si a ella le gustaba o no. Sin embargo, para ella, era el lugar más extraordinario al que había ido en su vida, a pesar de que Aleksy la hubiera llevado por motivos que nada tenían que ver con ella.

¡Debía dejar de querer más! Por lo que volvió a pensar en el apodo de Aleksy. Y una incontrolable curiosidad le hizo preguntar:

–¿Te molesta que la gente se fije en tu cicatriz?

–Es parte de mí –respondió Aleksy con voz gélida.

–No sé –dijo Clair, que prefirió ignorar la cierta hostilidad que había notado en el tono de él, en su actitud–. ¿Has consultado con algún especialista en cirugía plástica?

–¿Por qué lo preguntas? ¿Te repugna?

Aleksy alzó la mano y se acarició la cicatriz al tiempo que la miraba fijamente a los ojos. Pero Clair no tuvo necesidad de mentir.

–No. Para mí no es más que otro rasgo de tus facciones, como la forma de tu nariz o el color de tus ojos.

Clair decidió no continuar al darse cuenta de lo revelador de sus palabras. Le sorprendió el modo en que había memorizado el rostro de Aleksy: la forma de su nariz, los ojos ligeramente rasgados, el hoyuelo de la barbilla.

–Es una ventaja –dijo Aleksy–. Mientras la gente decide qué rumores creer o no, yo ya les he examinado y voy muy por delante de ellos.

–Y te gusta poner nerviosa a la gente, ¿verdad? Y no permites que intimen contigo –era una suposición que le reportó otra mirada que la hizo contener la respiración.

Pero había acertado en el diagnóstico, reconocía las similitudes entre Aleksy y ella. Ella temía sentirse sola, por eso se había obligado a disfrutar de la soledad. ¿Qué era lo que Aleksy temía? ¿El cariño?

–Esta cicatriz me recuerda quién soy y de dónde vengo, un lugar que a ti no te gustaría en absoluto, Clair –declaró Aleksy en un tono de suave advertencia.

Estaba claro que Aleksy había sufrido. No obstante, le gustaría oírle hablar de ello alguna vez. ¿Le habría contado a alguien lo que le había ocurrido?, se preguntó Clair.

Las luces se apagaron antes de que ella pudiera preguntar nada. La música comenzó a sonar al tiempo que *Petrushka*, considerado cruel pero con capacidad de amar, encerrado en una celda sin poder acercarse a la mujer a la que quería, hacía su trágica aparición.

Durante el intermedio, Aleksy notó con orgullo las curiosas miradas que la sonrisa de Clair atraía. No soportaba charlar por charlar y habría permanecido en el palco, pero cedió al comportamiento convencional en actos sociales como aquel.

Disimulando su fascinación, vio a Clair saludar a aquellos que se les acercaban con aparente interés y halagaban el atuendo de Clair si no surgía otro tema de conversación. En otras ocasiones en las que había ido al ballet acompañado de una mujer, había tenido que sufrir el mal humor de su acompañante, la forma forzada en que sonreía o que depositara en él la carga de la interacción social. Clair, por el contrario, hacía que la gente se relajara, lo que ejerció el mismo efecto en él.

Aleksy miró a la pareja que acababa de acercarse a ellos y, sonriente, reconoció al hombre de la barba gris y a la mujer de chispeantes ojos azules. Presentó a Clair a Grigori y a Ivana Muratov.

Tras preguntar por sus hijas y sus nietos, ya que conocía a toda la familia desde hacía muchos años, Grigori y él se pusieron a hablar de política.

–Ah, el timbre –anunció Ivana a los pocos minutos al tiempo que le daba en el brazo a su marido, interrumpiendo la conversación–. Ya ha terminado el intermedio, pero esta encantadora joven me ha hablado de la fundación con fines benéficos que está poniendo en marcha. Nos gustaría contribuir, ¿verdad? Aleksy ya ha hecho una donación.

Lo inesperado de la estratagema de Clair le puso furioso, sus mejillas enrojecieron al instante. Por suerte, el matrimonio no lo notó, ambos sonreían a Clair, que daba la impresión de estar sorprendida.

–Claro que haremos una donación –concedió Grigori al tiempo que le daba unas palmadas en el hombro a Aleksy–. Envíame los detalles.

Después de despedirse, Grigori e Ivana echaron a andar por el pasillo hacia su palco.

–Parecen muy simpáticos. ¿Son amigos tuyos? –Clair alzó los ojos para mirarle y se le ensombreció la expresión inmediatamente–. ¿Qué te pasa?

–Grigori me dio el primer trabajo que tuve, después de la muerte de mi padre –respondió Aleksy.

Tuvo que hacer un auténtico esfuerzo para controlar la ira mientras la llevaba del brazo de vuelta al salón. Pero antes de que Clair pudiera pasar al palco, la hizo detenerse y cerró la puerta, y ambos quedaron solos en la estancia.

La música sonó en el auditorio y Clair, con gesto nervioso, alzó una mano para indicar que el ballet comenzaba.

Aleksy la miró fijamente. Fuera lo que fuese lo que ella había visto en su rostro, la asustó; pero le hizo frente.

–¿Por qué estás enfadado? –le preguntó Clair con rígida dignidad.

–¿Fue Van Eych quien te enseñó a no perder la oportunidad de aprovecharte de las situaciones o se debe a una habilidad natural tuya?

Clair enderezó la espalda.

–¿Qué quieres decir?

–No voy a permitir que te aproveches de la generosidad de Grigori.

Grigori le había salvado, no solo le había ofrecido trabajo, sino también una oportunidad para rehacer su vida. Grigori había ayudado a un joven desesperado que tenía a su madre a su cargo y, en definitiva, le había ofrecido oportunidades suficientes para progresar y llegar a vivir la vida de la que ahora disfrutaba. Y eso significaba mucho para él, Grigori significaba mucho para él.

—Yo no me imaginaba que Ivana ofrecería una donación —dijo Clair, no solo dando la impresión de inocencia, sino también de sentirse ofendida—. Solo estábamos charlando. Me ha preguntado cómo nos conocimos y yo le he dicho que por la fundación con fines benéficos.

—¡Que todavía no existe!

Clair se quedó boquiabierta. Pero en vez de encogerse, respiró hondo y echó chispas de ira por los ojos.

—¿Es que tu querido Lazlo no te ha informado del email que le he enviado hoy? Con el email le he enviado también el comprobante de los impuestos —Clair le lanzó una mirada desafiante—. ¿Acaso creías que te he pedido el código de Wi-Fi para anunciar en Facebook que soy tu amante?

Aleksy ignoró el sarcasmo.

—Puedo comprobarlo ahora mismo con una simple llamada telefónica —le advirtió él.

—Hazlo —le espetó Clair, que parecía profundamente ofendida.

Con un quedo gruñido, Aleksy agarró el móvil. Unos segundos después, el aparato vibró en su mano. Leyó el mensaje repetidamente.

—Le dijiste que imprimirías una copia para mí si te la pedía, por lo que supuso que yo estaba enterado —comentó Aleksy, sin acabar de comprenderlo.

—No me la has pedido —observó Clair sin atreverse a mirarle a los ojos.

—Así que es verdad lo de la fundación con motivos benéficos.

Clair la había registrado oficialmente, tenía número de registro.

–¡Claro que sí lo es! –exclamó ella. Y esa vez sí le miró fijamente–. Yo no soy una mentirosa. Tú mismo has dicho que no tratas con mentirosos, ¿o se te ha olvidado?

Aleksy se encontró sin saber qué responder, cosa que no le ocurría nunca.

–No lo comprendo –murmuró con impaciencia, perplejo de encontrarse con algo que no le encajaba–. ¿Quieres decir que me has dado tu virginidad por una fundación con fines benéficos? ¿Por qué?

–La gente como yo se merece... –Clair se interrumpió; al parecer, no quería revelar lo que había empezado a decir. Se echó el pelo hacia atrás y pareció dar por concluido el asunto.

–Acaba lo que ibas a decir. La gente como tú se merece... ¿qué?

Clair apretó los dientes. No quería decírselo. ¿Por qué? ¿Porque sentía vergüenza? ¿Después de tantos años? Si quería sacar adelante la fundación debía dejar de sentirse como una ciudadana de segunda clase de una vez por todas.

–Apoyo. Ayuda –respondió ella con expresión desafiante.

Pero, por dentro, no estaba tan segura de sí misma como parecía. Siempre le había resultado difícil creerse merecedora de apoyo y ayuda cuando nadie más parecía estar de acuerdo. Sin embargo, creía firmemente que los niños desvalidos se merecían las mismas oportunidades que los demás. Si ella no hablaba por ellos, nadie lo haría y estarían tan solos y desvalidos como ella había estado.

–¿A qué clase de gente te refieres? –preguntó Aleksy–. ¿A los huérfanos?

—Sí —respondió Clair, resultándole increíblemente duro sostenerle la mirada.

Aleksy había sabido que ella no tenía familia, pero no había pensado a fondo lo que eso significaba en el caso de Clair. En ese momento, por primera vez, se dio cuenta de la huella que eso había dejado en ella y de lo vulnerable que era.

Fue como una puñalada en el pecho.

—¿Cuántos años tenías cuando...?

—Cuatro —Clair disimuló su dolor y enderezó la espalda. Él notó lo mucho que le costaba hablar de ello—. Fue un accidente de coche. Yo me rompí una pierna y me disloqué el hombro, mis padres murieron en el acto.

—¿Por qué te cuesta tanto hablar de ello? —Aleksy quiso abrazarla, pero él no se prestaba a consolar a nadie. No obstante, hizo un esfuerzo para calmarla—. Ser huérfana no es un delito. Yo también lo soy.

—¿Perdiste a tu madre también? Creía que solo había sido a tu padre —la mirada azul de Clair se suavizó, amenazando con hacerle sentir cosas que no quería sentir—. ¿Cómo fue? ¿Cuántos años tenías?

Al momento, Aleksy se arrepintió de haberlo mencionado.

—Catorce cuando murió mi padre. Mi madre murió cuando cumplí los veinte. Supongo que no se puede decir exactamente que fuera huérfano, pero... —Aleksy desvió la mirada, sin revelar las circunstancias de la muerte de su padre—. Lo que quiero decir es que no es nada vergonzoso no tener padres. Al fin y al cabo, es algo que uno no puede evitar por mucho que quiera.

Le dolió lo irónico de lo que acababa de decir. Sentía una profunda vergüenza por la muerte de su padre, al igual que por no haber sido capaz de mantener a su madre más que a duras penas. Seguía con un profundo sentimiento de culpabilidad, ya que, aunque su madre hubiera logrado seguir viva y disfrutara de la vida que él ahora hubiese podido procurarle, no le habría podido evitar el sufrimiento que era el verdadero motivo de su lenta muerte.

Rechazó sus agonizantes recuerdos y desvió la atención hacia Clair.

–La gente adopta a niños de cuatro años.

–Eso no dependía de mí, ¿no te parece? –respondió Clair muy tensa.

Aleksy se arrepintió de sus palabras en el momento de pronunciarlas, pero el daño ya estaba hecho. Clair se estaba refugiando en sí misma, convirtiéndose en la mujer intocable que él ya había visto en distintas ocasiones. La había hecho daño sin darse cuenta.

Aleksy dio un paso hacia ella y la abrazó, como si así quisiera evitar la retirada de Clair, su distanciamiento.

Clair, tensa, le puso las manos en el pecho. Y él notó su conflicto. La sintió debatirse entre resistirse a él o derretirse junto a su cuerpo. Clair anhelaba sus caricias, pero se protegía de él al mismo tiempo. Y eso lo comprendía, aunque sabía que Clair no tenía nada que temer.

–Tienes toda la razón –murmuró Aleksy al tiempo que sentía un ligero masaje en los brazos–. No debería haber dicho lo que he dicho. Dime, ¿adónde te llevaron? ¿A un orfanato?

–Sí –respondió ella con un estremecimiento. Y añadió con queda dignidad–: Ese orfanato fue el único hogar que conocí, pero fui después de pasar varios años en casas de acogida. Por eso es por lo que necesito que la fundación tenga éxito, para mantener abierto el orfanato; pero te aseguro que no necesito la donación de Grigori. El dinero que tú me has prometido es mucho más de lo que Victor me había ofrecido, es una cantidad suficiente para mantener el orfanato abierto e incluso para agrandarlo. Dile a Grigori lo que quieras, yo no volveré a hablar del asunto. Le diré a la gente que nos hemos conocido en Londres y nada más.

Clair volvió el rostro, sus labios eran una línea firme y férrea.

Aleksy había creído que la fundación era una invención de ella para conseguir dinero. Pero ahora se daba cuenta de que Clair no era una mercenaria, sino alguien que quería luchar por niños en situación muy vulnerable.

Le pesó lo mal que la había juzgado, pero ignoró el peso de esa culpa, necesitaba conocer mejor a Clair.

—Deberías haberme explicado la situación —dijo Aleksy en tono de amonestación—. ¿Por qué has permitido que creyese que solo te movían motivos egoístas?

—¿Qué te importan a ti mis motivos? No tenemos la clase de relación que nos anima a hablar de nuestras cicatrices, visibles u ocultas, ¿no? —dijo ella con el orgullo herido, pero desafiándole.

Aleksy sintió un vacío en el estómago.

—No, no tenemos esa clase de relación —confirmó él. E, inconscientemente, le apretó el brazo—. Pero sí tenemos una relación física, ¿verdad? Dime, ¿te gustaría tenerme dentro?

La sorpresa la hizo jadear al tiempo que se sonrojaba.

–Yo... bueno... sí. Eso es lo que hemos acordado, ¿no? Una relación sin complicaciones... –Clair se humedeció los labios.

Sencillo. Práctico. Físico.

Aleksy se aferró a esos conceptos mientras la empujaba hacia el diván movido por un deseo tan fuerte que le hacía estremecerse. Anhelaba el placer que Clair le prometía, pero había algo más que se negaba a reconocer. Deseaba de Clair algo más que el placer físico, deseaba que se entregara a él por quererlo, no a costa de un sacrificio para ayudar a unos niños huérfanos. Necesitaba que Clair sintiera la misma pasión salvaje que él sentía por ella.

La hizo tumbarse sobre los cojines y se tumbó encima de ella.

Clair lanzó un involuntario gemido cuando Aleksy le besó la garganta. ¿Había cerrado Aleksy todas las puertas? El respaldo del diván ofrecía una barrera en caso de que alguien entrara, pensó Clair consciente de la música y con la mirada perdida en el techo.

–Aleksy –murmuró ella con voz ahogada, densa.

Sus defensas se derrumbaban bajo el peso de él, a causa de las caricias de los labios de Aleksy en sus hombros desnudos.

–Aceptaré todo lo que quieras darme –la declaración casi la hizo saltar del diván mientras Aleksy le metía la mano por el escote del vestido y le sacaba un pecho.

La boca de Aleksy se apoderó del pezón y a Clair le estalló la cabeza. La urgente exigencia de él era tan excitante como su habilidad y sintió un intenso calor en las extremidades. Hundió los dedos en los cabellos de Aleksy y le hizo levantar la cabeza, desesperada por que la besara pero demasiado tímida para pedírselo.

Sin embargo, su cuerpo habló por ella al doblar una rodilla para atraparle. Aleksy le acarició el tobillo, la pantorrilla y el muslo. Se miraron a los ojos estableciendo una intensa conexión. Aleksy le pasó la mano por debajo de la falda del vestido y, al tocarle el sexo, ella cerró los ojos.

Clair se llevó una mano a la boca para ahogar un grito de placer mientras él la acariciaba y la hacía desear más...

—¡Oh!

Aleksy continuó sus caricias y Clair se contrajo, sorprendida por el inesperado orgasmo que la hizo sacudirse espasmódicamente y lanzar unos gemidos que no pudo contener.

—¡Lo siento! Estoy avergonzada de mí misma —dijo casi entre sollozos mientras Aleksy la alzaba para quitarle las bragas.

—No tienes por qué —respondió Aleksy con voz densa.

Aleksy la penetró al tiempo que le capturaba la boca con la suya en un beso que absorbió un gemido de alivio.

Fue mejor que la primera vez. Aleksy la llenó con su grueso miembro. Ella se aferró a Aleksy, segura de que no podía haber nada mejor que aquella primera embestida para aliviar su deseo.

Pero Aleksy se movió dentro de ella y una tormenta de placer la arrolló.

Capítulo 9

ALEKSY se volvió hasta quedar tumbado de espaldas y despertó a Clair.

La espalda desnuda de ella reaccionó tras la pérdida de calor. Tuvo que luchar contra el extraño deseo de darse la vuelta y abrazarse a la cálida fuerza de Aleksy.

Se apartó el pelo de los ojos y paseó la mirada por el estampado de las paredes mientras trataba de entender lo que le estaba ocurriendo.

Era consciente de que a Aleksy solo le interesaba su cuerpo y eso debería haberle bastado para rechazarle; al menos, para no haber accedido a hacer el amor en un lugar público. Pero las caricias de Aleksy borraban todo lo demás, incluso la habían hecho olvidarse de su soledad.

La sensación de conexión había perdurado tras el incidente en el teatro, incluso después de que él se disculpara por no haber utilizado un preservativo y la hubiera secado con un pañuelo. Debería haberse sentido sumamente incómoda, pero se había reído como si hubieran acabado de compartir un secreto. El tierno beso de Aleksy le había sabido a una promesa mientras la ayudaba a alisarse el vestido. Después, habían salido casi a escondidas del teatro, abrazados y sonrojados.

No recordaba el trayecto de vuelta a casa de Aleksy. Había mirado por la ventanilla sin ver nada, con un intenso hormigueo en el vientre y el deseo aún presente en ella.

Una vez en la casa, Aleksy la había alzado en sus brazos, la había llevado a su habitación, la había tumbado en la cama y le había hecho el amor con enloquecedora pasión.

Hasta el punto de hacerla temer estar perdiendo el sentido.

En ese momento, Aleksy murmuró algo en ruso.

Movida por la curiosidad, Clair se volvió de cara a él y contempló sus rasgos en la oscuridad. Aleksy tenía el ceño fruncido y la mandíbula tensa. Los músculos del cuerpo se le habían tensado y volvió a murmurar unas palabras.

¿Se trataba de una pesadilla?

Con instintiva compasión, Clair le acarició el cuello y, accidentalmente, le dio en la cicatriz por la parte de la barbilla con el pulgar.

–Aleksy.

Aleksy le agarró la muñeca de súbito, con fuerza, y le hizo daño, el suficiente como para hacer que ella gritara su nombre a modo de advertencia.

Aleksy se despertó sobresaltado, pero no la soltó.

–Clair...

–Sí, soy yo –respondió ella tratando de soltarse–. ¿Un mal sueño?

Aleksy suspiró y aflojó los dedos. Después, volvió a agarrarle el brazo y se lo examinó para ver si la había hecho daño.

–¿Te he marcado los dedos? Espera, que voy a por un poco de hielo.

—No, no me has hecho daño —Clair le puso una mano en el pecho para aquietarle—. Estás bañado en sudor. ¿Acostumbras a tener pesadillas?

—No, nunca —respondió Aleksy sin dar más explicaciones.

Entonces, Aleksy agarró un pico de la sábana y se secó el cuerpo.

—Quizá sea porque estoy yo aquí —dijo Clair, ofendida por la repentina frialdad de Aleksy—. Supongo que lo mejor es que me vaya...

Aleksy no dijo nada.

Clair esperó demasiado tiempo. Contuvo una náusea al darse cuenta de que Aleksy no iba a protestar, no iba a pedirle que se quedara. Y avergonzada por haber cometido el error de creer que él la necesitaba, sacó las piernas de la cama.

Por eso era por lo que toda la vida había evitado intimar con nadie, porque no quería sufrir. Pero Aleksy ya debía de estar demasiado dentro de ella para poder causarle semejante angustia con su rechazo. No, no debería haber permitido que ocurriera.

Pero años de práctica le permitieron contener las lágrimas. No iba a llorar, se negaba a llorar. Y, cuando llegó a la habitación que ella misma se había reservado, se acostó en la fría cama con los ojos secos y tratando de convencerse a sí misma de que la tristeza que sentía era por Aleksy.

¿Qué le obsesionaba que le provocaba pesadillas? Aleksy le había dicho que Grigori le había dado su primer trabajo tras la muerte de su padre, sin darle más explicaciones. Pero ella tenía la sensación de que el asunto estaba relacionado con la cicatriz.

No pudo dejar de pensar en la forma en que había

pronunciado su nombre al salir de la pesadilla, como si hubiera estado asustado; hasta el punto de desear volver al cuarto de él, preguntarle qué le había ocurrido y ofrecerle consuelo.

Pero no, era mejor quedarse donde estaba y donde estaría el resto de su vida: sola.

Aleksy deslizó la mirada por el río helado sin fijarse en él, aún angustiado por la pesadilla. Era la primera vez que se repetía después de muchos años, tras la muerte de su madre. La diferencia había sido que esa vez, al oír su nombre, había oído la voz de Clair, y el tormento casi le había roto el corazón.

Oyó unos suaves pasos a sus espaldas, anunciando la presencia de Clair. Su sexualidad le envolvió, abrazándose a la suya. Quería abrazarla, como siempre que se encontraba cerca de ella.

No se volvió de inmediato, temía lo que ella pudiera ver en su expresión. Se habría marchado ya de no haber sido porque su chófer estaba atrapado en uno de esos típicos atascos de tráfico de Moscú, por eso estaba en el recibidor sumido en sus pensamientos.

Cuando por fin se volvió de cara a Clair, la notó indecisa; ya duchada, vestida, con el pelo húmedo y profundas ojeras. ¿Tampoco ella había dormido? ¿O se trataba de otra cosa?

El miedo confirió a su voz un tono severo.

–Buenos días.

–Buenos días –respondió ella con firme compostura, con reserva.

Aleksy sintió angustia, pero sabía que era lo mejor. Se había saciado de ella la noche anterior, pero también había bajado la guardia y había permitido que su subconsciente asomara a la superficie. Lo único que se le ocurría para salvarse era huir.

–¿Vas a salir? –le preguntó ella con expresión impasible.

Y a Aleksy le resultó imposible adivinar si Clair se sentía aliviada o, por el contrario, desilusionada.

El comportamiento distante de Clair reavivó sus temores. ¿Había hablado en sueños? ¿Había dicho algo revelador? ¿Era por eso por lo que Clair le había dejado y se había ido a otra habitación?

–Tengo que pasarme por la oficina –Aleksy señaló la cartera que llevaba en la mano–. Siento haberte despertado anoche.

–No te preocupes –el tono de voz de Clair daba la impresión de forzada ligereza–. Además, tenía que volver a mi cama.

Aleksy se mordió la lengua para no preguntar por qué. Le irritaba que Clair insistiera en dormir en camas separadas y tampoco lo comprendía. No le ocurría con otras mujeres, pero le producía una gran satisfacción saber que Clair estaba en su cama. La miraba mientras dormía y no dejaba de sorprenderse del efecto que esa mujer tenía en él. En cualquier caso, le complacía su presencia.

Aleksy suponía que era un hombre posesivo y trataba de racionalizar lo confuso que se encontraba.

–Después de nuestra presencia anoche en el teatro nos van a llover las invitaciones –declaró Aleksy, impaciente por el retraso de su chófer–. Tengo cuentas en todas las boutiques de Tverskaya. Después de dejarme en la oficina, Ivan se pasará a recogerte para que puedas ir de compras; o, si lo prefieres, le diré a Lazlo que te lleve de visita turística por la ciudad.

Clair contuvo un gemido. Seguía molesta con Aleksy por haberla echado de la cama y lo único que se le ocurrió pensar fue: «Ahora ya sé lo que una querida hace en los ratos libres».

Por supuesto, era consciente de que a un hombre como Aleksy no le gustaría que ella revelara su vulnerabilidad; por lo tanto, hizo lo posible por evitar que el abandono de él le doliera demasiado. Se había pasado casi toda la noche advirtiéndose a sí misma no tomarse muy en serio lo que había ocurrido entre los dos. Su relación no era personal, era un apaño de conveniencia. Era sexo. Sexo extraordinario.

Clair se pasó la lengua por los labios y, al momento, se autocensuró. Era mejor reprimir lo que sentía. Era mejor pensar en salir de compras o en ir a pasear por la ciudad como Aleksy había sugerido. Sí, salir era una buena idea; pero después de las compras que había hecho en París ya no necesitaba nada más. Lo que sí necesitaba era despejarse, aclararse las ideas y recordar quién era.

—No es necesario que nadie se moleste por mí. Iré sola a dar un paseo —declaró Clair.

Aleksy arqueó las cejas.

—¿Quieres ir a dar un paseo sola?

Las palabras de Aleksy le parecieron insoportablemente machistas.

—¿Crees que me perdería? Llevaré un plano.

—No es seguro.

—Aleksy, llevo cinco años viviendo en Londres.

—Moscú no es Londres, Clair. Han aumentado los secuestros y...

—¿Quién va a querer secuestrarme a mí? —Clair se llevó una mano al pecho y forzó una carcajada—. No pueden pedirle un rescate a mi familia porque no tengo familia.

—¿Crees que los paparazzi que estaban en el Bolshoi no han sacado fotos a la mujer que me acompañaba? Incluso prescindiendo de eso, eres joven, bonita y vas bien vestida. Y no hablas ruso. Hay mucho oportunista suelto y no deberías subestimar lo que la gente es capaz de hacer por dinero. Yo no lo hago.

La cicatriz de Aleksy destacó por su blancura en contraste con el sonrojo del resto de su semblante.

Fue entonces cuando Clair se dio cuenta de que esa cicatriz no se debía a un trágico accidente de coche. Una indeleble violencia le había marcado y nada lograría borrar su huella.

Sin darse cuenta de lo que hacía, se le acercó, le puso las manos en el rostro, se alzó de puntillas y se inclinó sobre él. Pero no le dio tiempo a besarle la cicatriz porque Aleksy, bruscamente, la apartó de sí.

—¿Qué haces?

El rechazo de Aleksy la partió en dos. Se arrepintió de esa grieta de sus defensas, pero era consciente de que Aleksy no sabía lo poco que ella le importaba a nadie. Y teniendo en cuenta todo por lo que él había pasado...

—Gracias por preocuparte por mí —dijo Clair.

Aleksy se alisó las solapas del abrigo como si de una armadura se tratase y se abrochó unos botones. Después, se miró el reloj y dio un paso hacia la puerta.

—Entonces, ¿te vas a quedar en casa? O, si sales, ¿vas a dejar que Lazlo te acompañe? —preguntó él en tono de no darle excesiva importancia.

—Si me apetece, saldré —contestó ella, pero le temblaron los labios.

—¿A pesar del riesgo? —le espetó Aleksy.

—No creo que sea tan serio —Clair se cruzó de brazos—. ¿A quién le pides tú permiso cuando quieres algo? A nadie, ¿verdad? Pues a mí me pasa lo mismo.

Aleksy tensó la mandíbula. Estaba acostumbrado a que la gente le diera explicaciones a él, eso había quedado constatado.

—Y no es que me haya puesto cabezota —añadió ella mirándose las uñas.

—Pero no vas a prometerme que no saldrás.

—No voy a mentir.

Con impaciencia, Aleksy dejó la cartera en el suelo. El móvil sonó y respondió en ruso. Después de cortar la comunicación, dejó el móvil en la consola y se quitó el abrigo sin dejar de mirarla a ella.

Clair tragó saliva y dio un paso atrás.

—¿Qué pasa?

—No te vas a quedar en casa como te he pedido, así que tendré que hacer algo, ¿no? —Aleksy se aflojó el nudo de la corbata.

—¿Qué quieres decir? ¿Me vas a atar? —preguntó ella con alarma al tiempo que retrocedía ante el avance de él.

—No. Voy a cambiarme de ropa para salir contigo —al pasar por su lado, colgó la corbata de los hombros de ella—. Guárdala... para luego.

Clair se dijo a sí misma que no se estaba comportando como una niña mimada. Era una mujer adulta, tomaba sus propias decisiones y Aleksy hacía lo mismo. Ella no tenía la culpa de que Aleksy no hubiera ido a trabajar. No iba a sentirse culpable.

Clair se puso unos calcetines de lana por encima de las perneras de los vaqueros y una camiseta de manga larga debajo de un jersey de cuello alto. Las botas de piel eran preciosas y prácticas, y hacían juego con la chaqueta de cuero. Un gorro de lana y unas gafas de sol completaban el atuendo cuando se presentó delante de Aleksy, que, sin decir nada, se puso un plumífero y se ató las botas.

En la calle, el viento gélido cortaba como un cuchillo y Clair apretó los dientes para que no le castañetearan.

–¿Quieres ir a algún sitio en particular? –le preguntó a Aleksy.

–Es tu paseo, elijes tú.

Clair miró a su alrededor decidida a que la actitud de Aleksy no la obligara a volver a la casa. Decidió dirigirse hacia el río y no se detuvo hasta veinte minutos después, cuando ambos se encontraban en un puente que cruzaba las heladas aguas.

Mientras contemplaba con admiración el Kremlin, Aleksy se sacó una barra de cacao del bolsillo y se la dio.

Después de pasarse la barra por los labios, le dio las gracias y se la devolvió. Sintió una extraña sensación al verle usarla también.

–Se ve que vas preparado, debes de salir bastante a la calle durante el invierno –comentó ella.

–La tenía en el bolsillo de la última vez que fui a esquiar.

–¿Esquías mucho?

–Cuando voy a mi complejo turístico.

–Ah. ¿Aquí, en Rusia?

–No, en Canadá. Una buena inversión –replicó él.

–Sí, claro –murmuró ella. Naturalmente, Aleksy no podía comprar algo por el simple hecho de que le gustara, tenía que ser una buena inversión. También a ella debía de considerarla una buena inversión.

La idea le dolió lo suficiente como para echar a andar otra vez. Aleksy la siguió.

–¿De qué otras inversiones te estoy impidiendo que te ocupes hoy? En Internet he visto que empezaste con el transporte por carretera y ferrocarril.

Aleksy pareció meditar sobre el hecho de que ella le hubiera estado investigando en la red. Por fin, respondió:

–Primero madera, transporte después. Y luego ya fábricas de distintos tipos, toda clase de inversiones inmobiliarias, un astillero –lo último lo pronunció con un gruñido.

–¿El astillero no es una buena inversión? –preguntó Clair.

–Sí, lo es –Aleksy sonrió y pareció orgulloso–. Todos mis negocios los lleva gente muy preparada.

–En ese caso, ¿por qué has gruñido?

–Por nada en especial. Se me ha ocurrido pensar qué haría en la oficina si no estuviera aquí –respondió Aleksy.

Clair desvió la mirada y continuaron caminando en silencio.

Aleksy deseó sellarle los labios para evitar más preguntas, pero la verdad era que no sabía qué estaría haciendo en la oficina. Su táctica había sido siempre contratar a gente buena para que los negocios marcharan casi por sí solos y así él poder seguir buscando nuevos desafíos. Hasta hacía poco, cada negocio que había hecho había sido un paso adelante en su decisión de hacerse con el imperio de Van Eych, pero eso ya lo había conseguido. Había logrado su último objetivo... Menos deshacerse del sentimiento de culpabilidad que seguía reconcomiéndole.

Y continuaba sintiendo un vacío en su vida que jamás lograría llenar.

En la periferia de su visión, un destello le llamó la atención y, al volver la cabeza, vio a un hombre con una cámara fotográfica. No llevaba suficiente ropa para el frío que hacía y su aspecto era pobre. Cuando le miró a los ojos, el hombre se marchó apresuradamente y él no tuvo tiempo para decirle a Clair: «¿Lo ves? Nos han seguido desde que salimos de casa».

Molesto, Aleksy siguió al hombre con la mirada y decidió aumentar su seguridad personal. Al típico paparazi le daba igual que la persona en la que tenía puesto el punto de mira le viera o no. Ese hombre que les había seguido era distinto, iba en busca de otra cosa.

De repente, Aleksy sintió un peso en el pecho.

Pero la pequeña mano de Clair le tiró de la manga en ese momento, iluminando su mundo, disipando sus temores.

–¿Es mi imaginación o eso de ahí es un oso?

Aleksy se volvió rápidamente y sonrió.

–*Maslenitsa*.

–¿Qué significa?

–Es un festival para celebrar la llegada de la primavera. Una especie de Mardi Gras. La diferencia es que en nuestras celebraciones hay osos, peleas y trineos tirados por caballos.

—¿Y esto se considera primavera? —preguntó Clair con incredulidad.

Tras lanzar una carcajada, Aleksy alquiló uno de los trineos tirados por tres caballos. Sentados muy juntos, se cubrieron con una manta y el conductor del trineo les habló de los orígenes del festival. Y, cuando Clair mostró un especial interés en las peleas de osos, el anciano que dirigía el trineo dijo:

—Eso no es para usted, *malyutka*. Eso es para viejos que solo pueden entrar en calor con vodka —y le guiñó un ojo a Aleksy.

El hombre acabó llevándole a Clair un plato de *blini*: tortitas con caviar, champiñones, mantequilla y nata agria.

—Si me como todo esto tendrás que comprarme un nuevo vestuario —protestó Clair después de unos cuantos bocados a la exquisita comida—. Toma, come.

—No —respondió Aleksy al tiempo que alzaba una mano—. No como tortitas.

—¿Tuviste que comer demasiadas de pequeño? —bromeó ella.

—Sí, demasiadas. Si no puedes comértelo todo, dale al perro lo que sobre.

Clair dirigió la mirada al lugar donde un pastor alemán lamía un plato, su dueño parecía desentendido de él, y permitió que el animal engullera lo que ella había dejado del *blini*.

Cruzaron unos arcos de hielo y se adentraron en un parque con esculturas también de hielo: ángeles, castillos y criaturas míticas que comenzaban a derretirse bajo el sol.

—¿Por qué no has querido comer tortitas? —le preguntó Clair con auténtica curiosidad, sospechando que había algo más que la simple respuesta de él.

–Como ya te he dicho, comí demasiadas... para sobrevivir –dijo Aleksy con expresión sombría.

–¿Antes de que Grigori te diera trabajo?

–Apenas trabajaba. Mi madre no me permitió dejar el colegio.

–La verdad es que no puedo imaginarte recibiendo órdenes de nadie, ni siquiera de tu madre.

–Habría dado cualquier cosa por ella –comentó Aleksy con expresión de dolor–. Pero no pude darle lo único que ella quería: que mi padre volviera a vivir. Grigori me contrató cuando yo estaba en mi último semestre. Mi madre trabajaba y, al menos, podíamos comer algo además de tortitas. Después... se fue apagando poco a poco.

Había culpabilidad en sus palabras y Clair deseó de nuevo acariciarle.

–¿Murió de cáncer? –preguntó Clair.

Al verle asentir, añadió:

–¡Qué tragedia!

–Fue un suicidio –dijo Aleksy escupiendo las palabras–. Sabía que le pasaba algo, pero no fue al médico. Yo habría hecho cualquier cosa... En fin, mi madre se consideraba una carga para mí. Y, además, quería estar con mi padre.

Clair respiró hondo. Deseaba consolarle con total desesperación, pero temía que él la rechazara.

–Debía de quererle mucho –susurró con voz ronca.

–La muerte de mi padre la dejó destrozada. Deshecha. Yo no soportaba verla así. No soportaba saber que...

De repente, Aleksy se interrumpió y se estremeció, parecía como si hubiera salido de un letargo.

−¿Nos vamos ya de aquí?

Clair deseó que Aleksy le contara el resto, lo que había estado a punto de revelar. Tenía el convencimiento de que necesitaba exorcizar sus demonios.

Con cuidado, entrelazó el brazo con el de él. Le notó ponerse tenso al instante.

−Estoy segura de que hiciste lo que pudiste dadas las circunstancias. No te culpes a ti mismo por algo que no pudiste evitar −dijo ella.

−¿A quién si no voy a echarle la culpa? −dijo Aleksy bruscamente. Y a sus ojos asomó un profundo dolor antes de soltarse de ella.

De súbito, a Clair se le pasó un nombre por la cabeza e, impulsivamente, dijo:

−¿Victor?

−*Chto*? −Aleksy la miró furioso.

−¿Que si Victor fue la causa...?

Parecía una estupidez, pero ella había estado leyendo los periódicos de Londres por Internet, la prensa estaba sacando a la luz los desmanes de Victor. Por otra parte, el odio de Aleksy por ese hombre era profundo.

−¿Tuvo Victor algo que ver con la muerte de tu padre? −preguntó ella, consciente de que se estaba adentrando en un terreno peligroso.

−No es algo que yo pueda demostrar −declaró Aleksy apretando los dientes.

Clair se quedó helada. Aleksy creía que Victor había tenido algo que ver con la muerte de su padre. Ahora se explicaba por qué le había repugnado tanto que ella hubiera recibido ciertas ganancias de un hombre que no tenía derecho a la riqueza de la que había dispuesto. Le produjo náuseas haber aceptado sin más lo que Victor le había ofrecido, sin intentar averiguar qué clase de hombre había sido.

Clair apenas recordó el camino de vuelta, absorta en asimilar la gravedad del daño que Victor debía de haber causado a la familia de Aleksy.

–¿Te pasa algo? –le preguntó Aleksy cuando entraron en la habitación.

Clair, que se había estado quitando las botas, alzó el rostro y, de repente, le sorprendió encontrarse en la casa.

–No, nada, estoy bien –respondió ella, que apenas se atrevía a mirarle a la cara–. Puede que el paseo no haya sido una buena idea.

Aleksy guardó silencio.

–Ve a la oficina si quieres –dijo Clair tragando saliva–. Te prometo que no volveré a salir.

–¿Todavía estás aquí?

La voz de Clair le sobresaltó. Tenía mejor aspecto, sin maquillaje y con las mejillas enrojecidas por el calor del baño. Llevaba unos pantalones de yoga y un jersey de lana gruesa ceñido a las nalgas y a las caderas. Estaba preciosa.

Aleksy tragó saliva.

Se había quedado muy preocupado al verla tan demacrada después del paseo, lo que le irritaba mucho; normalmente, no se preocupaba por nadie. Clair estaba cambiando su mundo.

–¿Qué llevas ahí?

Aleksy se levantó con la intención de ayudarla con los papeles y el ordenador que sostenía.

–Venía aquí para trabajar un poco en lo de la fundación, pero si prefieres que lo haga en el comedor...

–No, ponte aquí si quieres.

Aleksy miró el portátil encima de los papeles y lo dejó todo en el escritorio. El logotipo de la fundación con sus iniciales le llamó la atención: *V.V.E.*

–Esto me lo dio... me lo dio Victor para que trabajara en ello, después me dijo que me lo quedara –Clair se mordió los labios y en su mirada vio culpabilidad.

Aleksy se puso tenso. Ese hombre estaba muerto, pero seguía vivo para él.

–Lo tiraré –declaró Clair–. Lo único que quiero es examinar los papeles para quedarme solo con los de la fundación, el resto lo echaré a la incineradora.

Clair se llevó las manos a la cara y el arrepentimiento enturbió el azul de sus ojos antes de añadir:

–¡También yo estoy asqueada, Aleksy! No podía imaginarme que Victor hubiera tenido algo que ver con la muerte de tu padre. Debe de parecerte repugnante que yo trabajara para él. Me doy asco a mí misma.

Aleksy no pudo ignorar las palabras de Clair. Al mismo tiempo, no sabía por qué había hablado con Clair del sufrimiento de su madre ni por qué había mencionado el hecho de que Victor estuviera relacionado con la muerte de su padre.

Llevaba años y años pensando solamente en eso; pero ahora, sin saber por qué, ese odio profundo que le había acompañado comenzaba a evaporarse.

Y Clair era la causa.

Le dio un vuelco el corazón. Clair empezaba a significar demasiado para él.

Clair respiró hondo, sacándole de su ensimismamiento. Se dio cuenta de que ella estaba interpretando su silencio como una confirmación de que merecía desprecio.

—Bueno, él ha sido la causa de que tú y yo nos conociéramos —declaró Aleksy.

—¿Cómo puedes decir eso cuando es evidente que estás enfadado y me detestas por mi relación con él?

Sí, estaba enfadado, porque sentía cosas que no comprendía. Clair no era tonta ni débil ni avariciosa. En ese caso, ¿por qué le había seguido la corriente a un hombre como Victor?

—De acuerdo, Clair, dime por qué dejaste que un hombre así se acercara a ti. ¿Cómo es posible que no te dieras cuenta de la clase de persona que era? —de repente, Aleksy se sintió profundamente celoso—. ¿Cómo pudiste...?

«No esperarme».

Echó la cabeza a un lado, aterrorizado de lo que había estado a punto de decir. El corazón le latía con fuerza y el labio superior se le cubrió de sudor. Pero, a pesar de lo posesivo que era respecto a Clair, sabía que no tenía derecho a serlo.

—En cierto modo se debe a que yo era muy ingenua —respondió Clair.

—Sé que eres ingenua.

Aleksy era consciente de que debía proteger la vulnerabilidad de ella, incluso protegerla de sí mismo. De haberle contado todo a Clair, ahora ella sabría que, en última instancia, el causante de la muerte de su padre era él. Porque su padre se involucró en una pelea que él había iniciado; al final de la pelea, él se alejó con dos vidas en su conciencia. Tres, si contaba a su madre.

Buscaba en Clair defectos que le hicieran sentir menos repugnancia hacia sí mismo por haberla forzado a ser su amante. Sin embargo, no hacía más que comprobar que se había aprovechado de una persona inocente.

Y las siguientes palabras que Clair pronunció lo demostraron:

—Fue la primera vez que alguien me trataba como si yo fuera especial. Nunca me había pasado —admitió Clair con voz queda, dando la impresión de sentirse humillada.

Aleksy se quedó como una estatua y a ella le habría gustado que se la tragara la tierra, para que nadie pudiera ver sus defectos. Le resultaba muy difícil enfrentarse a la grave equivocación que había cometido. Se agarró al escritorio en busca de algo fuerte y sólido.

—El orfanato en el que estaba tenía un acuerdo con la escuela de la vecindad: los huérfanos que se portaran bien podían asistir a la escuela y también acceder a becas y seguir estudiando como los chicos con medios económicos. Yo lo intenté, pero no era un genio y tampoco era rica. Llevaba uniformes de segunda mano y nunca me invitaban a las fiestas. No es que mis compañeros fueran crueles conmigo, es que yo no era una de ellos.

El intenso escrutinio de Aleksy casi la hizo callar. Le resultaba muy difícil sincerarse, pero continuó:

—Cuando fui a Londres, tampoco allí nada hizo que me sintiera especial. Trabajaba en tres sitios para poder pagar el alquiler, así que, aunque hubiera querido, no disponía de tiempo para divertirme. Fue entonces cuando Victor apareció en mi vida. Él me trataba como si yo fuera la única que podía hacer las cosas bien. Me encargaba que le hiciera recados y la gente de la empresa se fijaba en mí porque me consideraban importante.

Clair sabía que no había sido importante en la empresa, pero otros así lo habían creído. Era patético.

Apoyó las nalgas en el escritorio, se agarró a él con ambas manos y concluyó:

–Victor me dio cosas que yo nunca había tenido: dinero y ropa. Ropa nueva. Y dijo que ofrecería su apoyo a la fundación.

–Eso también lo estoy haciendo yo. ¿Hago que te sientas especial?

–Sé que para ti solo soy una querida. No espero de ti que me trates como a una persona especial –respondió Clair.

–Pues deberías esperarlo –dijo Aleksy con vehemencia–. Deberías esperar que todo hombre te tratara como lo que eres: una mujer inteligente, buena y extraordinaria. No te menosprecies por haber caído en las garras de un sinvergüenza como Victor –Aleksy se frotó la barbilla–. O como yo.

Clair, en ese instante, se recordó a sí misma que solo conocía a Aleksy desde hacía unos días, pero el deseo de contradecirle le hizo dar unos pasos hacia él.

–Tú no puedes compararte con Victor –le puso una mano en el brazo, aunque temía su rechazo–. Tú haces que me sienta...

El brazo de Aleksy era como el hierro. Aunque

creyó que él iba a apartarla de sí, también notó que la miraba fijamente a los labios, como si quisiera que continuara hablando.

—Yo... —Clair se aclaró la garganta. A pesar del terror que le producía desvelar sus sentimientos, la proximidad de él la confundía. Un intenso calor se le instaló en el vientre—. Lo que siento por ti no es algo típico de una adolescente. Tampoco busco en ti estatus social, aprobación o... lo que fuera que fuese que buscaba entonces. Es algo... bueno. Me encanta que me acaricies.

—Cualquier hombre podría hacerte sentir eso.

Clair le lanzó una mirada furiosa y apartó la mano.

—Nunca nadie me ha hecho sentir lo que tú.

—No has estado con nadie más.

—¡Pero quería! Esa es la cuestión. Tú eres especial... para mí, para mi cuerpo —aclaró ella—. Aunque no sé por qué.

Aleksy lanzó un suspiro de frustración.

—A mí me pasa lo mismo contigo. Y tampoco lo comprendo.

—¿Lo dices en serio? En ese caso, ¿por qué anoche no querías que me quedara en tu cama? Y esta mañana tampoco has querido que te diera un beso.

Las mejillas de Aleksy enrojecieron.

—Bésame cuando quieras y donde quieras —Aleksy se tocó la cicatriz—. Menos aquí.

A Clair le dio un vuelco el corazón.

—¿Lo dices en serio?

Aleksy la miró fijamente.

—¿Tú qué crees?

Capítulo 10

CLAIR parpadeó, tratando de asimilar lo que Aleksy acababa de decirle. Y se sintió libre para establecer ese contacto físico que anhelaba con otro ser humano. Con Aleksy.

—¿Como... ahora, por ejemplo? —preguntó con precaución.

El deseo le dificultaba la respiración y la inseguridad hacía que le flaquearan las piernas.

Aleksy la miró con esa viril arrogancia tan propia de él. Y ella era solo Clair, carente de experiencia, abrumada y demasiado intimidada por ese hombre. Al menos, cuando él era el agresor, sabía que la deseaba. Tomar la iniciativa en el sexo era algo impensable para ella, era como pedirle que la deseara.

Pero realmente quería que Aleksy la deseara.

—A cualquier hombre le gusta que le seduzcan —declaró Aleksy apoyándose en el escritorio al tiempo que la miraba con distante curiosidad—. Yo no soy diferente.

¿Quería que le sedujera? ¿Ella?

Clair sacudió la cabeza y forzó una carcajada.

—No creo que dejaras a nadie el control de la situación.

—¿Estás segura? ¿Crees que no podrías quitarme el control? —dijo Aleksy en tono retador.

A Clair le dio un vuelco el estómago.
-¿Crees que podría?
-Haz la prueba.
Clair le miró a los ojos fijamente, en un intento por adivinarle el pensamiento. Una profunda excitación se apoderó de ella. Quería hacerle desearla.

Aleksy no parecía estar tan impertérrito como pretendía, se daba cuenta por la forma en que respiraba, a la espera de lo que ella hiciera.

Eso le dio ánimos para acercársele; pero, cuando el calor y el aroma de él la rodearon, se sintió confusa. Levantó las manos para tocarle, pero le faltó valor.

Aleksy era mucho más grande que ella: un pecho liso flanqueado por dos brazos tensos, con los músculos visibles bajo el jersey negro. Quería besarle las muñecas, pero supuso que él pensaría que estaba loca.

Al tomar aire, el pecho de Aleksy se dilató y ella clavó la mirada en sus fuertes hombros, también se le notaban los tendones del cuello. La contemplaba a través de la cortina de espesas pestañas y un brillo de frustración asomaba a sus ojos.

Eso le dio el coraje para lanzarse. Se plantó entre los pies de él y le puso las manos en los hombros.

Le sintió estremecerse.

Casi con miedo, bajó la mirada a la cremallera de los pantalones y, bajo el tejido, vio los contornos del duro miembro de Aleksy. Entonces, despacio, con timidez, acarició la forma y, al instante, se dio cuenta del efecto de la caricia.

Le oyó respirar y la erección de Aleksy se hizo más pronunciada.

Se quedó perpleja. ¡Apenas le había rozado! Casi se cayó a los pies de él de la sorpresa. Le deseaba con locura, pero no sabía por dónde empezar. El miedo a que Aleksy se diera cuenta de la magnitud de su deseo la paralizó. No quería que él viera...

Pero quizá a él le ocurría lo mismo. Quizá le excitara saber que era deseado, como le había pasado a ella al percibir su excitación sexual.

Necesitó coraje para hacerlo, pero levantó el rostro y le permitió ver lo que había en su expresión: anhelo, pasión y admiración por la sensualidad de él.

Clair se humedeció los labios y le dijo:

—Quiero besarte.

El color de las mejillas de Aleksy se intensificó al tiempo que él le ponía las manos en las caderas. Pero se echó atrás, apartó las manos y se agarró al escritorio. Después, Aleksy asintió con la cabeza.

Con una cadera, Clair le hizo separar más las piernas para pegarse al miembro de él. Aleksy bajó la cabeza, pero no hizo nada más. Ella le selló la boca con la suya y abrió los labios, animándole a que la imitara. A pesar de que sentía la erección de él en el vientre, Aleksy continuó aferrado al escritorio.

Por desgracia, ella cada vez estaba más excitada, a pesar de que debía ser ella quien excitara a Aleksy. Cada vez que le tocaba, un deseo febril se apoderaba de ella. Le besó hasta perder el sentido, perdiéndose en el beso.

Pero Aleksy no estaba cooperando. Respiraba sonoramente, pero no parecía tan alterado como ella. Cada vez más frustrada, le agarró la cabeza y le obligó a aceptar su lengua.

Aleksy lanzó un gruñido y se inclinó sobre ella. Sorprendida por el éxito, volvió a intentarlo y esa vez Aleksy le acarició la lengua con la suya y fue cuando

Clair dejó de pensar en qué hacer y se dejó llevar por el instinto, sumida en el placer de besarle.

Clair echó la espalda hacia atrás y se apretó contra él, dispuesta a abandonarse por completo.

Aleksy le clavó los dedos en las caderas y, enderezándose, se apartó de ella.

Clair lanzó un gemido y se lamió los labios.

—¿No me vas a llevar al dormitorio? —le preguntó Aleksy.

El fuego de la pasión se apagó en ella. Al parecer, Aleksy estaba decidido a ponérselo difícil y casi la hizo perder por completo la confianza en sí misma y en lo que podía hacerle sentir.

En un esfuerzo por adivinar en qué se había equivocado, le miró a los ojos. Se le notaba tensión en el rostro y respiraba entrecortadamente.

De repente, entendió por qué Aleksy la había interrumpido; el beso le había excitado de tal manera que necesitaba tiempo para calmarse y no perder el control.

La sensación de poder la embriagó, pero también la hizo sentir una intensa ternura. Con renovada confianza en sí misma, bajó la cremallera de los vaqueros de un hombre por primera vez.

—No tengo ningún preservativo aquí —le advirtió Aleksy.

—No necesitas un preservativo.

Aleksy lanzó una maldición en ruso. «Párala», se ordenó a sí mismo. Pero anhelaba ver hasta dónde estaba dispuesta a llegar Clair; además, el deseo amenazaba con consumirle.

Buscó los pechos de Clair bajo el jersey; a menudo, Clair iba sin sujetador y a él le encantaba. Esos modestos y erguidos pechos no necesitaban una prenda que los sujetara y a él le gustaba disponer de fácil acceso a los pezones y hacerlos endurecer.

Clair dio un paso atrás al tiempo que le agarraba por las muñecas.

—No me toques. Todavía no —dijo ella casi sin respiración al tiempo que le obligaba a poner las manos en el escritorio de nuevo—. No quiero que me distraigas. Quiero hacerte disfrutar lo mismo que tú me haces disfrutar a mí.

—Quiero chuparte los pezones —dijo Aleksy en tono exigente, debatiéndose entre arrebatarle el papel dominante o dejar que Clair conservara el poder que tanto parecía gustarle.

—No —respondió ella acariciándole un muslo—. Todavía no. Antes quiero quitarte el jersey.

Aleksy subió los brazos y cerró los ojos mientras ella le despojaba del jersey para después rozarle la garganta con los labios.

Aleksy lanzó un gruñido.

Tras otro beso, Clair comenzó a acariciarle el pecho y los pezones. Su miembro latió delante de la apertura de la braguenta.

Clair comenzó a acariciarle con más atrevimiento: las costillas, el vientre, la cintura... Su inexperiencia a Aleksy le resultaba una delicia. Por fin, deslizó las manos por debajo de los pantalones y se los bajó.

—Por fin —dijo él temblando de deseo.

Clair se arrodilló y, con manos frías y suaves, le quitó los calcetines.

¿Se daba cuenta Clair de que le estaba haciendo enloquecer?

Aleksy bajó la mirada y la vio con los ojos fijos

en sus calzoncillos, insegura. Pero, cuando ella se los bajó, se le nubló la vista y dudó de poder seguir en pie. Él era un conquistador por naturaleza y por necesidad, pero en ese momento era un esclavo, un prisionero de Clair.

A pesar de saber lo que Clair estaba a punto de hacer, casi se cayó al sentir el primer roce de las manos de ella. Su miembro creció y se endureció en las manos de Clair hasta resultarle insoportable. Y casi perdió el sentido cuando la boca de ella se cerró sobre él.

Aleksy lanzó un grito. Estuvo a punto de estallar. No iba a durar todo lo que quería. Necesitaba estar dentro de Clair.

Con los últimos vestigios del control sobre sí mismo, hundió los dedos en los dorados cabellos de Clair. Le costó más que nada en el mundo obligarla a que le soltara, pero no podía hacer otra cosa si no quería escandalizarla o asustarla. Necesitaba sentirla sacudiéndose de placer con un orgasmo cuando él alcanzara el clímax y saber que sentía el mismo agonizante gozo que él.

—¿No te ha gustado? —le preguntó Clair con evidente angustia cuando él la obligó a ponerse en pie.

—Si no me pongo un preservativo inmediatamente vas a tener que volver a excitarme —Aleksy no se podía creer la calma con la que había hablado. Pero también lo había hecho con ternura—. Te deseo.

La declaración provocó un brillo de dicha en los ojos azules de Clair.

Aleksy la besó e hizo todo lo que estuvo en sus manos para hacerle ver su deseo, pero también para hacerle gozar igualmente.

Los dulces gemidos de Clair fueron su recompensa.

Alzándola en los brazos, llegó al dormitorio en tiempo récord y apenas pudo sacar un preservativo del cajón de la mesilla y ponérselo sin estallar.

Aleksy le quitó a Clair los pantalones y las bragas; y, cuando se tumbó en la cama encima de ella, sintió el sudor de sus pechos. Le separó las piernas con las rodillas y no se pudo resistir a tocarla, comprobando que estaba lubricada y lista.

Con una embestida triunfal, la llenó. Y la hizo suya, solo suya, una y otra vez.

Capítulo 11

ALEKSY se dijo a sí mismo que estaba permitiendo que la relación continuara y se hiciera más íntima solo por Clair. Sería una crueldad privarla de la oportunidad de explorar su naturaleza sensual. Además, nadie se había preocupado por ella lo necesario para hacerla feliz. Clair se merecía que la mimaran y eso era lo que él estaba haciendo, mimarla.

Pero algo le hacía sentirse incómodo.

Un sentimiento de culpabilidad.

Cuanto mejor iba conociendo a Clair, más cuenta se daba de que se había estado aprovechando de ella. De poseer un mínimo de decencia, renunciaría a ella; pero le tenía hipnotizado verla deshaciéndose poco a poco de sus reservas, abriéndose a él. Esa misma mañana, había sido ella quien había dado el primer paso. Se había colocado encima de él y había tomado la iniciativa durante el acto sexual.

Aleksy se apartó de la ventana y desistió de fingir estar trabajando. La ambición le había abandonado. Solo llevaba una hora en la oficina, pero ya estaba recogiendo para irse a almorzar. Unos días atrás, Lazlo, mientras se encargaba de pedir una tarjeta de crédito para Clair, le había comentado de pasada que pronto iba a ser el cumpleaños de ella. Al preguntarle qué quería hacer para celebrar su cumpleaños, Clair le había restado importancia al asunto tras confesar que el cumpleaños y la Navidad siempre le habían causado una gran decepción.

Aleksy, dispuesto a que Clair tuviera un cumpleaños memorable, decidió que se pasaría por la mejor joyería de la ciudad antes de reunirse con ella en un restaurante que ocupaba el ático de un rascacielos.

Un rato después, mientras examinaba anillos de brillantes, pulseras y gargantillas, se preguntó a sí mismo si eso no sería como hacerle a Clair una falsa promesa.

Los anillos de brillantes parecieron burlarse de él. No podía mantener aquella situación indefinidamente, aunque quisiera.

Además, ¿quería?

Cerró las manos en puños al reconocer la profunda necesidad de tener a Clair al alcance de la mano. Para él, Clair era como el aire o el agua.

Angustiado, dejó de pensar en eso y compró una gargantilla de zafiros en distintos tonos de azul que brillaban como los ojos de Clair cuando se reía. Le gustaba verla contenta.

Durante el almuerzo charlaron animadamente. Clair le hacía ver su ciudad con otros ojos, y los de ella se abrieron desmesuradamente al deshacer el envoltorio de su regalo de cumpleaños.

–Es demasiado –protestó Clair en un susurro. Se le llenaron los ojos de lágrimas cuando un camarero les llevó la tarta con las velas–. ¡Aleksy!

Clair se abalanzó sobre él, le rodeó el cuello con los brazos y le abrazó con fuerza.

Aleksy sintió una infinita ternura mientras sentaba a Clair en sus rodillas. Nunca se habría imaginado que su gesto provocara semejante emoción en Clair.

–Acabas de descubrirte –dijo ella con emoción y una sonrisa deslumbrante.

–¿A qué te refieres?

–A que eres el hombre más blando del mundo. Has traicionado la imagen que quieres dar de hombre duro e implacable.

La conciencia le golpeó. Si Clair opinaba eso de él, se engañaba.

–¿Eres capaz de mantener un secreto? –dijo Aleksy en tono ligero al tiempo que la hacía volver a su silla.

–Naturalmente –respondió Clair con una sonrisa enigmática–. No hay nadie en el mundo que me interese más que tú.

Salieron del restaurante y del edificio y, en la calle, se encontraron con los paparazzi. Aleksy protegió con el brazo a Clair y endureció los puños cuando le gritaron aquella terrible pregunta, no en ruso, sino en inglés:

–¡Aleksy! ¿Eres un asesino?

Clair se refugió en los confines del coche, a salvo del frenesí de los paparazzi y de sus alarmantes preguntas:

–Aleksy, ¿estabas enterado de la investigación?

–¿Qué puedes decir sobre la acusación de que eres el causante de la muerte de Van Eych?

–No es la primera vez que te arrestan por presunto homicidio. ¿Eres culpable?

Aleksy ordenó a Ivan que les llevara a casa. Después, se aflojó la corbata, se pasó una mano por el cabello e hizo una llamada telefónica en ruso.

–Nos vamos a Piter –declaró Aleksy cuando llegaron a su casa. Y, al ver que Clair le miraba como si no comprendiera, añadió–: San Petersburgo. Aquí la situación se va a volver bastante desagradable. No nos van a dejar en paz, los periodistas nos van a tener rodeados todo el tiempo.

¿Más desagradable aún?, se preguntó Clair. Y... ¿era verdad que Aleksy había sido acusado de asesinato? ¿Había matado a alguien?

–¿Nos vamos, los dos?

–Tú no vas a volver a Londres todavía, si es eso lo que estabas pensando hacer. Te seguirían a todas partes debido al hecho de ser mi acompañante –declaró Aleksy en tono implacable.

Clair lanzó una carcajada casi histérica.

–La verdad es que no sé qué pensar –contestó mirando a su alrededor en busca de algo a lo que aferrarse, en busca de algo en lo que creer–. Necesito saber qué es lo que ocurrió, Aleksy.

–Ya te dije que algunas personas son capaces de hacer cualquier cosa por dinero –replicó Aleksy sombríamente.

–¿Como mentir, por ejemplo?

«Por favor, dime que todo es mentira, que no has matado a nadie».

–Sí, como mentir, por ejemplo. Pero, en este caso, se trata de otra cosa.

Tras esas palabras, Aleksy se marchó a su habitación, supuestamente a hacer el equipaje.

Clair se quedó allí, en el salón, durante un rato,

abrazada a sí misma, confusa, con miedo, pero no de Aleksy, sino de sí misma.

Quería confiar en un hombre que quizá había cometido un asesinato. ¿Cómo era posible?

Capítulo 12

CLAIR había oído hablar de las *dachas* rusas. Por lo que sabía, eran una especie de casas rurales alejadas de la ciudad y en medio de la naturaleza. Las casas eran poco más que cabañas ocupadas por familias durante generaciones.

Si aquella era la *dacha* de Aleksy, iba a tener que repensarse la definición de cabaña.

Habían ido en helicóptero y sobrevolado bosques y más bosques apenas salieron de Moscú.

Al ver unas fuentes sin que corriera el agua y unos canales helados, se había dado cuenta de que estaban aproximándose a San Petersburgo. Era un lugar tan bonito que no le extrañaba que los zares lo hubieran elegido para ir de vacaciones.

Eran primeras horas de la tarde, el cielo estaba cubierto y caía una ligera nieve cuando el helicóptero tomó tierra en una extensa y hermosa propiedad con árboles frutales desnudos y alrededor de una bonita casa de dos pisos, rodeada por un porche, ventanas con persianas, gabletes y una torrecilla. La casa era grande, pero al mismo tiempo acogedora y hogareña, no imponente como se imaginaba que Aleksy construía o compraba sus propiedades.

Cuando el piloto se marchó con el helicóptero, Aleksy abrió la puerta de la casa.

El interior olía a pintura fresca, a madera recién

cortada y a alfombras de lana recién colocadas. Todo estaba inmaculadamente limpio y decorado con mucho gusto. Era un interior espacioso y sencillo, como su dueño, y muy acogedor.

Le dio la impresión de que aquello era un nuevo comienzo, un comienzo prometedor.

Clair tragó saliva al recordarse a sí misma por qué estaba allí y con quién, pero la lógica la había abandonado en Moscú al verse rodeada de fotógrafos y cámaras. Prefería estar a solas con ese lobo solitario a enfrentarse a una manada de buitres con cámaras de fotos.

A pesar de las dudas que la asaltaban, se sintió a salvo, segura.

La planta baja describía un círculo desde el cuarto de estar al comedor, pasando por una escalera que subía a un distribuidor. Arriba había un precioso cuarto de baño con vistas a un riachuelo. Los dormitorios parecían pedir a gritos cunas, caballos de madera y trenes de juguete.

¿Acaso Aleksy soñaba con tener una familia?, se preguntó con el corazón encogido.

Siguió a Aleksy en silencio mientras él inspeccionaba la casa. Se detuvo delante de la puerta abierta del dormitorio principal, una estancia enorme y de techo abovedado.

—Bueno, ¿qué te parece? —le preguntó él.

—Es preciosa. ¿Es la primera vez que vienes aquí? ¿Es tuya esta casa?

—Sí, lo es —respondió Aleksy.

Aleksy quería saber si a Clair le gustaba aquella casa, aunque no sabía por qué le parecía tan importante. Una casa era una casa, nada más, pero no podía negar que quería que a Clair le gustara.

Quizá fuera porque había llegado al punto de conformarse con que a Clair le gustaran sus propiedades, ya que ahora lo único que Clair podía sentir por él era repugnancia.

Había sido consciente de que, tarde o temprano, su pasado se interpondría entre ambos. Ese era el motivo de que su relación no pudiera tener futuro. Pero habría preferido separarse de ella con naturalidad, antes de que Clair se hubiera enterado de la verdad. Le producía un profundo dolor pensar en la imagen que Clair debía de tener de él ahora. Le angustiaba ver miedo en el rostro de Clair.

La mujer que le había sonreído con ternura y cariño en ese momento le miraba con el rostro muy pálido y con temor en los ojos.

—¿Has diseñado tú la casa? —preguntó ella, obligándole a abandonar sus sombríos pensamientos.

—Hasta cierto punto.

Aleksy se quitó la chaqueta y la tiró encima de la cama. Pensó en ella desnuda sobre la colcha azul. Pero no, era mejor no pensar en eso. Se había prometido a sí mismo no tocarla.

Con voz distante, explicó:

—De recién casado, mi padre trabajaba en la industria forestal y vivía con mi madre en una pequeña casa en un campamento para trabajadores. Cuando mi padre pudo montar su propio aserradero, construyó una casa a mi madre. Yo me he basado en el plano de esa casa para levantar esta.

Clair ladeó la cabeza y su sonrisa se le clavó en el corazón.

–Me sorprendes siempre que te pones sentimental.
–¿Sentimental? –repitió él, consciente de que aquel había sido un intento más de resucitar a los muertos–. Digamos más bien que me falta imaginación –añadió Aleksy pasándose una mano por el cabello para disimular su turbación.

Clair, dando la impresión de estar tan asustada como cuando se conocieron, le dio la espalda.

Al acercarse a ella, Clair se puso tensa, se aclaró la garganta y solo dijo:

–Rodearte de lo que te resulta familiar no significa que te falte imaginación.

–Traer al presente los vestigios del pasado es una estupidez –declaró Aleksy al tiempo que le quitaba el abrigo a Clair.

–¡No digas que es una estupidez! –exclamó ella al tiempo que se giraba de cara a él y cruzaba los brazos–. Los pocos objetos que conservo de mis padres no me permitirían nunca ofrecerles esta clase de homenaje. Tus padres se amaban y también te querían a ti, no es ninguna estupidez incorporar eso en tu hogar. Yo daría cualquier cosa por que el amor fuera los cimientos de mi casa.

¿Cómo podía explicar que había sido él personalmente quien había arrebatado el amor de esa casa, que había sido el causante de esa pérdida?

–Venir aquí ha sido una estupidez –murmuró Aleksy en ruso al tiempo que se encaminaba hacia la puerta–. Voy a subir el equipaje y después encenderé la chimenea.

Podía marcharse, pensó Clair, casi segura de que Aleksy no se lo impediría. Se abrigó bien y, con el pasaporte y la tarjeta de crédito en el bolsillo, salió de la casa y bajó el porche.

Pero en vez de dirigirse a la carretera, se desvió a una arboleda en la que las ramas colgaban desnudas y cubiertas de nieve.

Sabía que debería escapar, a pesar de que empezaba a oscurecer y del frío. Pero... ¿por qué? Aleksy jamás le pondría las manos encima. No era posible que, de repente, se convirtiera en un psicópata.

Al sentir el frío en los huesos, Clair regresó a la casa y entró por la parte de atrás, utilizando la puerta de la cocina.

Aleksy estaba allí sirviéndose vodka en un pequeño vaso. Después, vació el vaso de un trago.

–¿Te has cansado ya de hacer muñecos de nieve? –preguntó él.

–¿Estás borracho?

–Los rusos no nos emborrachamos, solo nos hacemos más duros –declaró Aleksy, que cerró la botella y la metió en el congelador de la nevera.

Sobre la encimera de la cocina había una lata de chocolate en polvo. Aleksy se acercó, echó unas cucharadas de chocolate en la taza y la llenó de agua hirviendo. Antes de ofrecerle la taza, echó la mitad del vodka en el chocolate.

–Esto te calentará. No estás acostumbrada a este frío.

Clair se quitó las botas y colgó el abrigo. Después, agarró la taza con ambas manos para calentárselas.

–¿Tienes hambre? –le preguntó Aleksy–. ¿Quieres que prepare una sopa?

–Luego –respondió ella, sorprendida por el aspecto doméstico que veía en Aleksy por primera vez.

Aleksy se apoyó en el frigorífico y se la quedó mirando.

–Te he visto en la arboleda y estaba esperando a ver si decidías escapar o no.

–Quería estirar las piernas –mintió ella.

Aleksy lanzó un bufido y se bebió el vodka.

–Hace muchos años estaba acostumbrado a que las chicas se pasearan por delante de mi casa, pero eso era antes de que me saliera bigote y de la cicatriz.

–¿Quieres que me crea que, cicatriz o no, las mujeres no caen rendidas a tus pies? –preguntó Clair después de beber un sorbo de chocolate con vodka.

–Las jovencitas eran diferentes –comentó él como si hablara para sí–. Eran como tú, soñaban con casarse y tener hijos.

–Yo no sueño con eso –declaró Clair bajando los ojos, y bebió otro sorbo de chocolate, su calor fue bajándole hasta la punta de los pies–. Puede que lo hiciera cuando tenía doce años, pero ya no. Soy una persona realista.

–Has sido tú quien me ha dicho que no me avergüence de ser un sentimental. Ahora, soy yo quien te dice que no te avergüences de desear esas cosas, Clair. Yo también las deseaba hace años. Suponía que me casaría con una de esas chicas.

–¿Estabas enamorado de alguna de ellas en particular? –preguntó Clair conteniendo la respiración.

–No. Pero tenía la arrogancia suficiente para creer que cualquiera de ellas se enamoraría de mí. Estaba convencido de que podría elegir a la que quisiera cuando llegara el momento.

–¿Por qué dejaste de querer eso? ¿Por ver sufrir a tu madre?

Aleksy no contestó, se limitó a mirar su vaso vacío. En su expresión se veía angustia.

Clair se dio cuenta de que parecía... sentirse solo, inconsolable. Deseó abrazarle y sentir la cabeza de él descansando en su pecho.

–Aleksy...

–Sí, el sufrimiento de mi madre mató toda ilusión de esa clase de vida. Sobre todo, porque fui yo la causa de ese sufrimiento y destruí la felicidad que mi madre, por fin, había alcanzado.

–¿Por fin? –repitió ella con cautela y temor–. ¿Hubo algún tiempo en el que tu madre no fue feliz con tu padre?

–No es eso, siempre fueron felices juntos, pero tuvieron que luchar mucho durante años. Y no solo ellos, todos los rusos. Cuando mi padre organizó una cooperativa para comprar la serrería, lo hizo arriesgando mucho, no sabía si saldría bien o no. Trabajaron y trabajaron para ganarse cada patata que nos comíamos.

Aleksy se interrumpió y respiró hondo antes de continuar con más dureza:

–El problema era que, justo en esos tiempos, los especuladores comenzaron a venir a Rusia. Uno de ellos quería sobornar a mi padre para que le vendiera sus acciones de la serrería. Mi padre se negó y nos hicieron la vida imposible durante meses.

Clair cerró los ojos.

–Victor –dijo ella.

–Sí, él daba las órdenes. Lazlo ha encontrado más pruebas de ello últimamente y pronto saldrá a la luz pública. Los hijos de Victor saben lo que se les viene encima y están tratando de desacreditarme por todos los medios posibles, pero muy pronto se van a cambiar las tornas y va a ser de su padre de quien se hable en los medios de comunicación. Después de eso, ningún periodista te va a volver a molestar –concluyó Aleksy.

Cuando Aleksy la enviara de vuelta a Londres, supuso ella con un temblor. Estaba acostumbrándose a vivir en compañía de otra persona.

–¿Qué fue lo que Victor hizo exactamente? ¿Le robó a tu padre las participaciones de la empresa? ¿Le quitó la serrería?

–Un hombre vino y prendió fuego a nuestra casa en mitad de la noche.

Clair lanzó un gemido y se cubrió la boca.

–¿Mientras tus padres y tú dormíais? –preguntó horrorizada–. ¿Y tu padre...?

–Mi padre salió corriendo de la casa, detrás de mi madre y de mí. El incendiario todavía estaba allí. Mi padre me advirtió que no fuera a por él, pero yo ya estaba harto. No me di cuenta de que tenía una navaja hasta que no me hizo esto –Aleksy se tocó la cicatriz.

–Oh, Aleksy... Y solo eras un adolescente –las piezas comenzaban a encajar, dibujando una situación sumamente trágica.

Aleksy se estremeció.

–Un adolescente, que no podía controlar la indignación, con un cuerpo de hombre. Ese hombre me habría matado de no ser porque mi padre intervino. Pero perdió la vida para salvar la mía –Aleksy se miró las manos–. No recuerdo cómo lo hice, pero en las declaraciones a la policía está escrito que yo maté a ese hombre.

–¡No puedo creer que te arrestaran!

–¿Por qué no? Se había cometido un crimen –Aleksy abrió el congelador para sacar la botella de vodka–. Al final, la sentencia estableció que había matado a ese hombre en defensa propia. Y, además, tuvieron en cuenta mi edad.

Clair casi sintió en sus propias carnes el horror por el que había pasado Aleksy: la casa quemada, a punto de perder la vida, la terrible violencia, la muerte de su padre...

Las lágrimas asomaron a sus ojos. Y el causante de semejante terror había sido el hombre en el que ella había confiado. La bilis le subió a la garganta.

Aleksy jamás la elegiría a ella. Su relación con Victor siempre se interpondría entre los dos.

–Lo siento –dijo ella con remordimiento–. No tenía ni idea de que Victor fuera tan cruel.

–¿Y lo que yo hice? –Aleksy mostró desprecio por sí mismo en la expresión–. ¿Qué diferencia hay entre lo que hizo ese asesino a sueldo que mató a mi padre y yo?

–¡Tú estabas luchando por tu vida!

–No debería haber luchado. Lo único que conseguí fue que mataran a mi padre y destrozar la vida de mi madre.

Clair sacudió la cabeza. Ese era el motivo por el que Aleksy rehuía a la gente, se consideraba un monstruo.

–No puedes pasarte la vida castigándote a ti mismo por un... error.

–Un error de consecuencias irreparables.

–Aleksy, tú no tienes la culpa de lo que pasó, sino Victor. Él es el culpable de semejante tragedia.

—Para, no sigas —Aleksy dio un paso hacia ella—. He visto cómo me has estado mirando después de enterarte de lo que hice. Sé lo que piensas de mí.

—¡No! —gritó Clair, golpeada por el sentimiento de culpabilidad—. Me sentí muy confusa al enterarme de algo que no esperaba. No sabía qué pensar...

—¿Algo que no esperabas? ¡Está aquí, a la vista! —Aleksy se tocó la cicatriz—. Con solo mirarme la gente ya sabe la clase de hombre que soy. Cuando nos conocimos, deberías haberte alejado de mí a toda prisa. Deberías haber huido.

—No me diste la oportunidad de hacerlo, ¿no crees? —le espetó ella.

—No —concedió Aleksy con una amarga carcajada—. No, no lo hice, porque esa es la clase de hombre que soy.

Aleksy agarró la botella de vodka y el vaso, y se fue al salón.

Capítulo 13

NO HE salido corriendo, ¿verdad? –dijo Clair en tono retador al cruzar la puerta del salón.

Aleksy se detuvo y apretó los dientes. Sin volverse, dijo:

–¿Porque no tienes adónde ir? Llama a Lazlo, él se encargará de procurarte un coche y una habitación en un hotel.

–¡No te tengo miedo, Aleksy Dmitriev!

Tenía gracia, ella a él le aterrorizaba. Dejó la botella y el vaso y se volvió.

–Pues deberías tenérmelo.

–¿Por qué? ¿Me vas a pegar? ¿Me vas a matar?

No, él jamás podría hacerle daño a Clair, pero tampoco iba a permitirle ahondar en sus heridas.

–Déjalo, Clair.

–Aleksy, tú no eres un monstruo –declaró Clair en tono más suave–. Eres un hombre generoso, compasivo y de honor.

–¿Qué es lo que quieres, convencerte a ti misma de que no has cometido un error acostándote conmigo? He convertido a una virgen en mi amante. Te he comprado ropa y te he dado dinero para tu fundación porque quería acostarme contigo.

–Eso no es cierto. No ha sido solo sexo, ¿verdad?

—No solo sexo, muy buen sexo —dijo Aleksy con frialdad, aunque muriendo por dentro.

—En ese caso, ¿por qué te agarras a una botella en vez de irte a la cama conmigo? —el desafío estaba ahí. Y Clair tuvo el atrevimiento de acercarse a él, de pegar la punta de los pies a los suyos, de acariciarle con un aliento con sabor a chocolate—. Podrías perfectamente edulcorar tu pasado y seducirme aquí y ahora. Sabes perfectamente que no tienes que esforzarte mucho. Vamos, dime, ¿por qué no lo haces?

Aleksy buscó en la expresión de Clair rastros de temor, pero no los vio. Por el contrario, ella cerró los ojos y abrió la boca.

Clair olía a nieve, chocolate y vodka, una mezcla dulce y ardiente. Y él sufría. Lo que le había contado a Clair había abierto viejas heridas. Pero, cuando la abrazó, el sufrimiento disminuyó. Su despedazada alma comenzó a sanar.

Los gemidos de ella le excitaron. Con un paso adelante la tuvo entre la pared y su cuerpo. Se llenó las manos con el cuello de Clair y con sus caderas. Clair hundió los dedos en sus cabellos mientras le besaba con pasión y le acariciaba la lengua con la suya.

Aleksy lanzó un gruñido, le abrió la cremallera de los vaqueros y se los bajó por las piernas. Después, la alzó en sus brazos y Clair, con la espalda contra la pared, le rodeó con las piernas.

Necesitaba estar dentro de ella. Necesitaba a Clair.

Cuando fue a liberar su miembro, ella apartó los labios de los suyos y dijo jadeante:

—¿Un preservativo?

No fue una negativa, pero le hizo titubear. De repente, se dio cuenta de que había estado a punto de arriesgarse a dejarla embarazada. No podía impregnarla. Él, un hombre con el alma en pena.

Una profunda agonía le embargó mientras, con cuidado, ayudaba a Clair a ponerse en pie.

La excitación sexual dio paso a la confusión en la expresión de Clair.

–¿Qué pasa?
–Déjame, Clair.

Aleksy salió de la casa en medio de la oscura y gélida noche.

El rechazo de Aleksy la tenía destrozada, pero sabía que había sido ella quien le había hecho daño primero.

En la cama, cerró los ojos con fuerza. Si Aleksy y ella llegaban a casarse, quería que...

Clair se sentó en la cama sobresaltada. ¿Por qué se le había ocurrido semejante idea? Ella no quería casarse con nadie.

¿O sí?

¡Sí! Años de negación se esfumaron en cuestión de segundos y dieron paso a un futuro esperanzador en su mente. Aleksy y ella con sus hijos en aquella casa, un hogar lleno de afecto, risas y amor.

Saber que se había enamorado de Aleksy y que él a ella solo la deseaba sexualmente la llenó de zozobra. Aleksy deseaba su cuerpo, pero a ella no. No, a ella no.

Con un sollozo, apoyó la cabeza de nuevo en la almohada. Por fin, dejó de dar vueltas en la cama y logró dormirse. Al día siguiente, cuando fue a la cocina para desayunar, vio que el café estaba preparado, pero allí no se hallaban ni las botas ni la chaqueta de Aleksy. Se asomó a la ventana y le vio quitando la nieve del camino con una pala.

Aleksy pasó los días siguientes trabajando en su despacho o fuera, en el campo. Ella, para mantenerse ocupada, dedicó su tiempo a ultimar detalles para el lanzamiento de la fundación; sin embargo, no podía dejar de pensar en Aleksy.

Clair estaba pensando que no sabía cuánto más podría soportar esa situación cuando sonó su móvil inesperadamente. Era Lazlo.

–¿Quiere hablar con Aleksy? Está arriba, en su despacho –dijo Clair, segura de que era lo único que podía explicar que Lazlo la llamara al móvil–. Ahora mismo iba a subir a preguntarle qué quiere para comer.

–Por favor, no le moleste. Tiene una videoconferencia por Internet. No, no quería hablar con él, sino con usted, señorita Daniels. Me gustaría discutir unos detalles respecto a lo que vamos a enviar a la prensa, incluida su ayuda en nuestra investigación.

–Yo no he ayudado en nada –dijo Clair.

–Se equivoca. Resulta que los apuntes que hizo usted en el calendario de Victor van Eych han sido muy útiles para nosotros.

–Ah –Clair se volvió para sentarse en la escalera.

–Hemos pensado en decir que, aunque usted no sabía nada respecto a la apropiación de Van Eych de los fondos de inversiones de sus clientes, creíamos que cabía suponer que sus socios podían pensar que estaba enterada de ello. Por eso, a pesar de las apariencias, es por lo que ha sido la invitada de Aleksy Dmitriev desde que él se hizo con las empresas de Van Eych.

Clair se alegró de estar sentada. La cabeza le daba vueltas.

—¿Señorita Daniels?

—Sí, estoy aquí. ¿Es eso lo que vamos a decir?

—Sí. Eso acabará con los chismorreos y le procurará más intimidad en el futuro.

—Se refiere a cuando esté sola, ¿no?

—Exactamente —respondió Lazlo sin vacilar—. Y, por favor, cuando la llamen para solicitar una entrevista con usted, responda que no está en libertad de divulgar nada hasta que no se hayan zanjado todos los asuntos en los tribunales de justicia.

—¿Cuándo debo marcharme? —preguntó ella con voz tensa.

—¿A Londres? Después de la entrevista de hoy, la situación se calmará. Todo está arreglado, así que podrá marcharse cuando quiera.

Por «todo» Lazlo debía de referirse a que ya tenía piso, trabajo y cincuenta mil libras más.

—¿Alguna pregunta, señorita Daniels? ¿Algún comentario?

—No, ninguno —logró responder Clair con voz ahogada.

—Perfecto.

Capítulo 14

ALEKSY salió de su despacho con ganas de ver a Clair. Su personalidad tranquila y sosegada le había dado fuerzas durante aquella semana en la que se había sometido al escrutinio de la opinión pública.

Él había propuesto contratar a una cocinera y a alguien que fuera a limpiar, pero Clair le había asegurado que a ella no le importaba hacerlo.

Y se lo agradecía. Además, Clair conocía el peor de sus secretos y seguía ahí, con él.

Encontró a Clair en la cocina. El pelo suelto le ocultaba la cara mientras preparaba una ensalada y bocadillos calientes. Lo poco que se podía ver de su rostro mostraba una profunda palidez. Se mordía los labios y la tensión de ella era casi tangible.

–Debes de estar mortalmente aburrida aquí encerrada sin salir –comentó Aleksy–. ¿Te gustaría ir a la ciudad y cenar en un restaurante?

Clair volvió la cabeza y le miró con los ojos extrañamente brillantes, pero no contestó.

–Clair, te agradezco mucho lo que has hecho toda esta semana –continuó él–. Te traje aquí no para que fueras mi criada, sino porque quería evitar que los de los medios de comunicación te asediaran.

—Hablando de eso, ¿cómo van las cosas? –le preguntó ella con expresión seria.
—Bien.

Aleksy tuvo que luchar contra el impulso de acercarse a ella, apartarle el cabello del rostro y besarla.

No la había tocado desde el día que llegaron a la casa, cuando estuvo a punto de poseerla en el salón. Pero se sentía en deuda con ella y apenas podía contener el deseo de proximidad con ella. Quería hacerle el amor... con ternura.

—Lo entiendo, no quieres hablar de ello –dijo Clair al tiempo que probaba el aliño de la ensalada.

—No, no es eso. Hoy ha sido un día horrible, pero yo ya he terminado lo que tenía que hacer. Creo que todo acabará bastante mejor de lo que me había imaginado.

La expresión de ella se suavizó.

—Creías que te iban a crucificar, pero llevas dos décadas demostrando que eres un hombre de bien y eso debe de contar para algo, ¿no?

Se sintió sobrecogido por las palabras de Clair. Ella le consideraba un hombre bueno y de honor, cuando él sabía muy bien que no era bueno y que tenía mucho de lo que arrepentirse. Aunque no hacía trampas y no robaba, ¿no había chantajeado a Clair? Y seguía pensando en qué hacer para obligarla a compartir la cama con él.

—Creo que me consideras mejor de lo que realmente soy.

—Aleksy, por favor, deja de decir esas cosas. Te mereces ser feliz. Si renuncias al tipo de vida con el que soñaste en el pasado resultará que, al final, Victor habrá ganado.

Clair, en su ceguera, parecía decidida a convertirle en un santo.

Pero Clair malinterpretó el motivo de su expresión sombría.

–No te preocupes, Aleksy, no voy a obligarte a nada, no estoy hablando de mí. Lo único que digo es que no deberías renunciar a tener relaciones duraderas con una mujer por creer que no tienes derecho a ello.

«No estoy hablando de mí».

–¿Y tú? Tú también te mereces ser feliz.

–Lo sé –Clair parpadeó–. He pensado mucho desde que estoy aquí.

Clair tuvo que hacer un esfuerzo sobrehumano para no perder la compostura al ver la dura expresión de Aleksy. Se refugió tras una máscara de indiferencia para no dejar ver lo mucho que aquello significaba para ella.

–No mentí al decir que no estaba buscando una relación permanente –declaró Clair dejando el tenedor en el plato–. Cuando era pequeña, soñaba con que me adoptara una familia. Con el paso de los años, al ver que nadie me había elegido, me convencí a mí misma de que por nada del mundo quería formar una familia. Y llegué a creérmelo, supongo que por instinto de supervivencia.

Clair se encogió de hombros y vio a Aleksy parpadear.

–Sin embargo, estar en esta casa y, después de que tú hablaras de tus padres, también he pensado en los míos y... En fin, me he dado cuenta de que sí quiero formar una familia, quiero un marido e hijos.

Clair cruzó los dedos bajo la mesa. Presa de una profunda angustia, se quedó esperando a que Aleksy le dijera que él también quería esas cosas... con ella.

–Lo comprendo –Aleksy recostó la espalda en el respaldo del asiento–. Sabía que no tenías madera de amante. Y Clair, no me malinterpretes, lo digo como un halago –se apresuró a añadir Aleksy al verla palidecer.

Clair comenzó a retirar los platos con la comida que apenas habían probado.

–No, tienes razón –Clair llevó los platos a la pila, con el alma destrozada, pero negándose a que él lo viera–. Cuando nos conocimos, me aterrorizaba tener relaciones de cualquier tipo. Me daba tanto miedo sufrir que no permitía a nadie acercarse a mí. Pero ahora he descubierto que no es tan terrible tener relaciones, tanto físicas como en el aspecto emocional. Sé que en el futuro tendré ese tipo de relación...

El ensombrecimiento de los ojos de Aleksy la hizo detenerse. ¿Estaría celoso?

Clair bajó la cabeza para ocultar su confusión, para ocultar lo mucho que le deseaba y lo insegura que se sentía.

Pero respiró hondo, se hizo fuerte y alzó la barbilla.

–Todavía me queda mucho para arriesgarme a enamorarme, pero... En fin, siento mucho no estarlo –se le cerró la garganta.

«Eso era lo que querías oír, ¿verdad, Aleksy?».

–Me voy a hacer el equipaje.

Clair se dio media vuelta y se marchó de la cocina.

Capítulo 15

ALEKSY continuó con su vida, pero nada le motivaba. Jamás le había embargado semejante sentimiento de pérdida. Había perdido el rumbo en la vida. Había perdido lo único que tenía significado para él.

Clair.

Pero la había dejado marchar porque sabía que era lo mejor para ella. Si Clair lograra encontrar a un hombre que la quisiera la mitad de lo que él...

La idea le pasó por la cabeza a la velocidad del rayo, seguida de muchas otras más.

Estaba enamorado de Clair. La amaba tanto que estaría dispuesto a dar su vida por ella.

Otro momento de claridad le hizo estremecerse. Eso era lo que su padre había hecho, dar la vida por él. Hasta ese momento, se había considerado el causante de la muerte de su padre; sin embargo, su padre se había metido en la pelea por amor a su hijo, para protegerle.

Ningún hombre podría querer a Clair tanto como él la quería.

¿Le hacía eso merecedor de ella? No. Pero no haberle confesado sus sentimientos hizo que se sintiera insignificante.

Saliendo de la apatía en la que se había visto sumido durante semanas, buscó el nuevo teléfono y la nueva dirección de Clair para contactar con ella.

Y pronto descubrió que Clair había desaparecido.

Clair hizo una anotación en su calendario, satisfecha de las respuestas afirmativas a las invitaciones que había enviado.

El orfanato contaba con un número considerable de voluntarios y los distintos programas de ayuda estaban poniéndose en marcha.

En el orfanato habían vaciado una habitación que no se utilizaba y se la habían dejado a ella para que montara allí su despacho. Una de las cocineras, de viaje por Australia, le había dejado la casa de su madre durante su ausencia, a cambio solo de encargarse del gato y de pagar los recibos de la luz y el gas. No cobraba sueldo de la fundación, pero había conseguido un trabajo de secretaria en una notaría; era solo un trabajo temporal, iba a cubrir la plaza de una mujer que estaba de baja por maternidad, pero eso le permitiría poder vivir mientras buscaba un trabajo fijo.

Aunque no era feliz, al menos se encontraba relativamente bien y esperanzada mientras se lamía la herida causada por el rechazo de Aleksy. Él mismo la había llevado en coche a San Petersburgo y allí la había metido en un avión privado que la dejó en Londres. Y Lazlo la había ido a buscar al aeropuerto en Londres, se había encargado del equipaje y la había dejado en el piso, en uno de los edificios más elegantes de la ciudad. No se había rebajado a aceptar ninguno de los tres trabajos que Aleksy había logrado reservar para ella y también rompió y tiró a la basura la tarjeta de crédito a su nombre.

Clair sabía que se debía a una cabezonería, pero se había negado a pasar una sola noche en el piso de Londres. Había dejado sus pertenencias en un almacén que había pagado con su propio dinero y había tomado un tren.

Clair suspiró. Ese era el momento del día que temía, cuando acababa la jornada de trabajo y volvía a una casa muy acogedora, pero solo con un gato por toda compañía. Aunque... ¿por qué no invitaba a una de las empleadas del orfanato y a su familia a cenar?

Ahora hacía esas cosas. Ya no se obligaba a estar sola, empezaba a hacer amistades y tenía más confianza en sí misma. Y había descubierto que caía bien a la gente cuando se abría y permitía que se acercara a ella. Ya no era una huérfana solitaria, sino una mujer joven e independiente como muchas otras.

Agarró la chaqueta del gancho de la puerta y se la puso. Desde la ventana, vio un coche muy elegante e, inmediatamente, le dio un vuelco el corazón: aún se hacía ilusiones respecto a cierto hombre. Sin embargo, debía de ser el coche de uno de los benefactores de la fundación que iba a recoger información que ella le había prometido.

Al oír unos pasos y el crujido de un tablón de madera a sus espaldas, Clair dijo:

–¿Eres tú, Geri? Precisamente iba a buscarte para preguntarte si quieres venir a ce... –se interrumpió nada más volverse y ver una alta figura delante de la puerta.

–¿Quién es Geri? ¿Un compañero de trabajo?

Esa voz otra vez.

Clair, disimuladamente, apoyó la mano en el repecho de la ventana, a sus espaldas.

—Geraldine es una de las empleadas del orfanato. ¿Qué haces aquí?

—Habías desaparecido de la faz de la tierra, Clair —Aleksy se adentró en el pequeño despacho—. ¿Por qué?

Clair necesitó unos momentos para salir de su estado de estupor.

—No lo hice aposta. Quería hablar de la mejor forma de organizar la fundación con la gente a la que le va a afectar directamente y por eso vine aquí. ¿Por qué?

A Clair no le gustó la reacción defensiva que Aleksy había provocado en ella. No tenía por qué darle explicaciones.

Quería desafiarle y mostrarse indiferente, pero el corazón parecía estar a punto de salírsele del pecho y casi se sentía mareada.

—Si no querías estar en Londres deberías haberlo dicho —una mueca de impaciencia subrayó la arrogancia de Aleksy.

—¿Decírselo a quién? ¿A Lazlo? No tengo nada contra él, pero ni es mi guardián ni mi amigo del alma. No tenía por qué darle ningún tipo de explicación.

—A él no, a mí —Aleksy se aflojó la corbata y se metió las manos en los bolsillos.

Clair no quería sentir rencor por lo mucho que ese hombre la había hecho sufrir, pero tampoco quería que volviera a hacerle daño. Aunque, desde el momento de aparecer por la puerta, le estaba haciendo daño otra vez.

—Ya no estamos juntos. Me pagaste y se acabó.

Aleksy tensó la mandíbula visiblemente.

—Tal y como te prometí.
—Pero no tenías por qué haber añadido el piso, los trabajos, la tarjeta de crédito...
—También te prometí eso.
—De acuerdo, pero yo no tenía por qué aceptarlo y no lo hice —le espetó ella.
—De todos modos, podías haberme dicho adónde ibas. Desapareciste sin más. No creo que te hubiera costado mucho enviar un mensaje electrónico.

Clair lanzó una amarga carcajada.
—¡Ah! ¿Es que no recibiste mi respuesta a tu mensaje?

Aleksy frunció el ceño.
—Yo no te he enviado ningún mensaje.

Clair, con las cejas arqueadas, esperó a que Aleksy se diera cuenta de lo que acababa de decirle.

Tras lanzar una maldición, Aleksy se pasó una mano por el cabello y dio unos pasos en el poco espacio de la estancia. Y esos pasos le llevaron junto a ella.

A Clair comenzaron a sudarle las manos.
—¿Por qué has venido, Aleksy?
—He venido a verte —contestó Aleksy con impaciencia, como si ella debiera saberlo—. No sabía dónde estabas, así que he venido aquí para ver si podían decirme cómo entrar en contacto contigo. Y cuando me han dicho que estabas en este despacho casi me da un infarto.

Aleksy suspiró y añadió:
—Estaba muy preocupado —se veía que le costaba admitirlo—. No deberías haber desaparecido así, Clair. Perdí a la gente que más quería en el mundo y ese dolor nunca nos abandona. Lo he pasado muy mal al no saber cómo ni dónde estabas.

El enfado y las defensas de Clair comenzaron a derrumbarse. El corazón le latía con fuerza mientras se decía a sí misma que Aleksy solo se sentía responsable, nada más.

–Aleksy, me crié aquí, literalmente. En el edificio contiguo a este vive el jefe de la policía. El conductor del autobús me conoce de toda la vida y su mujer me vende huevos. ¿Dónde crees que podría vivir que tuviera más seguridad que aquí?

Aleksy pareció a punto de decir algo, pero al final guardó silencio.

–Entonces, ¿eres feliz? –preguntó Aleksy por fin.

Clair se encogió de hombros.

–Es como si hubiera vuelto a casa, a pesar de... No sé, me siento bien porque sé que puedo hacer cosas buenas aquí, con los chicos; pero este sitio también me da tristeza –tuvo que apretar los labios para que no le temblaran–. Ojalá todos tuvieran una casa de verdad.

Aleksy asintió y a ella se le hizo un nudo en la garganta. Pero logró encontrar fuerzas para sonreír.

–Debería haber avisado a Lazlo con el fin de que no pagaras el alquiler de un piso vacío. Lo siento.

–El dinero no importa –Aleksy respiró hondo–. Dime, ¿estás saliendo con alguien?

–¿Te refieres a un hombre? ¡No!

Aleksy lanzó una queda carcajada.

–¿Por qué lo dices así?

–Porque...

–Me dijiste que eso era lo que querías.

–Sí, claro. Pero todavía no –todavía no se había sobrepuesto a haber perdido a Aleksy.

Aleksy no dijo nada y ella tuvo el valor de mirarle

a los ojos. Y vio que la estaban devorando en medio de un semblante torturado.

Aleksy todavía la deseaba. Y a ella le pasaba lo mismo.

–Aleksy, no, por favor –dijo Clair en tono de súplica.

–Sí, lo sé, lo sé –Aleksy respondió con una mueca de dolor.

–Aleksy, creía que lo habíamos dejado todo claro. Aunque... ojalá pudiera convencerte de que tienes tanto derecho como cualquiera a ser feliz. Por supuesto, ya sé que no conmigo, pero...

–Eso lo dijiste tú –la interrumpió Aleksy.

–¿Cuándo? –preguntó ella, y cerró los ojos al recordar.

–En la cocina, el último día. Quizá no con esas palabras, pero fue lo que me diste a entender –contestó Aleksy.

–¿Qué otra cosa podía hacer, teniendo en cuenta que acababa de recibir una llamada de Lazlo para decirme que ya podía irme cuando quisiera? –gritó ella–. Ni siquiera querías que siguiera siendo tu amante.

–¿Hablaste con Lazlo aquel día, por la mañana?

–Sí. Me llamó él para decirme que todo estaba más o menos encauzado con los de los medios de comunicación y que podía marcharme porque ya no me iban a molestar.

–Clair, yo estaba haciendo lo posible con el fin de protegerte. Ya sabes que mi vida era un lío en esos momentos.

–No, la verdad es que no sé nada –Clair alzó los ojos, pero las lágrimas le nublaban la vista–. Apenas me dabas explicaciones. ¡No teníamos relaciones y ni siquiera me mirabas! Yo trataba de ayudar...

–Ayudaste y mucho –Aleksy se acercó a ella, demasiado, y le cubrió las manos con las suyas–. No puedes imaginarte lo mucho que significaba para mí que estuvieras allí. Era el único consuelo que tenía. Por favor, no llores. No puedo soportar que llores.

Además de llorar, Clair temblaba. Quiso abrazar ese calor y esa fuerza que emanaban de él.

–Aleksy, por favor, no –dijo Clair cuando Aleksy le secó las lágrimas.

–¿No, qué? ¿Que no quiera protegerte de cualquier cosa que te pueda hacer daño, incluyéndome a mí?

–¿Es por eso por lo que me mandaste de vuelta a Londres?

–Eras tú quien quería volver, Clair. Yo ya te había obligado a tener una relación que no querías, no podía obligarte a quedarte conmigo cuando dijiste que querías marcharte.

–Aleksy, no me forzaste a tener relaciones contigo.

–No digas eso –Aleksy la soltó y dio un paso atrás–. Me porté como un neandertal.

–Aleksy, te pintas como un ogro cuando no lo eres. No me habría ido contigo si no hubiera querido.

–Eres muy inocente. Dime, ¿querías ir a Rusia?

La pregunta le sorprendió.

–Por favor, Aleksy, no me pidas que vuelva a ser tu amante –logró decir ella.

–No lo haré.

Los ojos de Clair volvieron a llenarse de lágrimas.

–No llores, por favor –al instante, Aleksy la abrazó

y la estrechó con fuerza contra su pecho–. Clair, escúchame lo que voy a decirte.

Aleksy le besó la sien y añadió:

–Cuando apareciste en mi vida lo único que yo podía ofrecerle a una mujer era una relación sexual, no era capaz de nada más, por eso te hice mi amante. Me negaba a dar nada de mí mismo, era como un robot movido solo por el deseo de venganza. Por otra parte, tú eras la última persona con la que yo quería tener nada que ver, por eso no comprendía por qué quería estar contigo.

–Supongo que necesitabas el contacto con alguien, a mí me pasaba lo mismo.

–¡No, no era eso! Para mí fuiste como la aparición del sol después de un duro invierno. Estaba amargado y, de repente, comencé a sentir otras cosas.

–Oh, Aleksy –murmuró ella al tiempo que le ponía las manos en el rostro.

Aleksy le besó las palmas antes de permitirle que ella le cubriera la cicatriz con una mano.

–¿Estás dispuesta a aceptar todo lo que esta cicatriz significa? –preguntó él con una mezcla de angustia y esperanza.

–Significa que eres un hombre dispuesto a luchar para proteger a las personas que ama. Y de eso no puede avergonzarse nadie.

–Eso era lo que quería decirte, por eso he venido. Clair, daría mi vida por ti.

Con más lágrimas en los ojos, Clair tenía miedo de creer lo que estaba oyendo.

Aleksy la acarició mirándola a los ojos.

–¿Te das cuenta de lo difícil que ha sido para mí saber que te mereces toda la felicidad del mundo estando también convencido de que yo era la persona menos indicada para ofrecerte esa felicidad?

Una renovada esperanza hizo que a Clair le temblaran los labios.

–Clair, te deseo, claro que te deseo. Pero... también te quiero con todo mi corazón.

Sus bocas se unieron en un dulce y maravilloso beso. Clair temió que el corazón fuera a estallarle.

Con un ágil movimiento, Aleksy la sentó en el escritorio. Después de rodearle la cintura con los brazos, apoyó la frente en la de ella y dijo con solemnidad.

–Clair, para un hombre como yo, el amor es algo para toda la vida.

«Toda la vida», se repitió Clair en silencio mientras se ponía los temblorosos dedos en los labios.

–Que no me haya acostado con nadie más que contigo y no pueda compararte con cientos de hombres no significa que no pueda saber que lo que siento es profundo.

–Estupendo, porque de cientos de hombres nada. Ni siquiera uno más –murmuró Aleksy mirándola a los ojos con ternura–. Dime, ¿te da vergüenza decirlo como dios manda?

Clair sonrió.

–Te quiero.

Compartieron una intensa emoción. La sonrisa de adoración que Aleksy le dedicó y la ternura con que le acarició la mejilla la hicieron volver a echarse a llorar. El beso de Aleksy era una promesa de amor.

–Aleksy –dijo Clair, sintiendo tener que interrumpir el beso–. Estamos en mi despacho, por aquí pasan niños, así que es mejor irnos a otra parte si queremos seguir.

Aleksy se enderezó.

—¿Puedes dejar esto? Me refiero con vistas al futuro. ¿Podrías trabajar desde Rusia o... tienes que estar aquí? Por supuesto, aunque estuviéramos en Rusia, podríamos venir cuando tú quisieras —le prometió él.

A Clair le enterneció la comprensión de él.

—Gracias por darte cuenta de lo importante que es para mí la fundación.

La expresión burlona de Aleksy la hizo reír.

—No me acosté contigo solo por la fundación —insistió ella.

—Está bien, prefiero creer eso a otra cosa —respondió Aleksy—. Pero te casarás conmigo porque quieres y por ningún otro motivo.

No había sido una pregunta, sino una orden. Y ella sonrió traviesamente.

—Por supuesto.

—Clair, no solo te he echado de menos en la cama —declaró Aleksy con sinceridad—. Te he echado de menos en mi vida, en todo. Por favor, hazme el honor de casarte conmigo. Formemos juntos una familia.

Clair estaba tan sobrecogida por la emoción que no podía contestar. La envolvía tal felicidad que casi podía saborearla.

—Siempre soñé con que alguien viniera aquí y me dijera eso —logró decir Clair con voz ronca—. Ha valido la pena esperar.

Con el corazón rebosante de amor, Aleksy acarició los sonrientes y temblorosos labios de Clair con los suyos y la abrazó.

—Se ha acabado tu espera. Estoy aquí.

¡Tenía que olvidar la tentación de quedársela para él!

Debería ser fácil. Karim Al Khalifa, príncipe coronado de Markhazad, tenía un cometido: buscar a la princesa Clementina Savanevski, que estaba escondida en Inglaterra, encontrarla y volver con ella a su país para que se casara... con otro hombre. Karim no debería fijarse en su olor seductor, en esas curvas tentadoras ni en las miradas provocativas que le dirigía. No, el honor de su familia, y el suyo propio, exigían que entregara a Clementina pura e intacta a su futuro e indeseado marido.

Honor, deseo y amor

Kate Walker

¡YA EN TU PUNTO DE VENTA!

Acepte 2 de nuestras mejores novelas de amor GRATIS

¡Y reciba un regalo sorpresa!

Oferta especial de tiempo limitado

Rellene el cupón y envíelo a
Harlequin Reader Service®
3010 Walden Ave.
P.O. Box 1867
Buffalo, N.Y. 14240-1867

¡Sí! Por favor, envíenme 2 novelas de amor de Harlequin (1 Bianca® y 1 Deseo®) gratis, más el regalo sorpresa. Luego remítanme 4 novelas nuevas todos los meses, las cuales recibiré mucho antes de que aparezcan en librerías, y factúrenme al bajo precio de $3,24 cada una, más $0,25 por envío e impuesto de ventas, si corresponde*. Este es el precio total, y es un ahorro de casi el 20% sobre el precio de portada. ¡Una oferta excelente! Entiendo que el hecho de aceptar estos libros y el regalo no me obliga en forma alguna a la compra de libros adicionales. Y también que puedo devolver cualquier envío y cancelar en cualquier momento. Aún si decido no comprar ningún otro libro de Harlequin, los 2 libros gratis y el regalo sorpresa son míos para siempre.

416 LBN DU7N

_____
Nombre y apellido   (Por favor, letra de molde)

_____
Dirección   Apartamento No.

_____
Ciudad   Estado   Zona postal

Esta oferta se limita a un pedido por hogar y no está disponible para los subscriptores actuales de Deseo® y Bianca®.
*Los términos y precios quedan sujetos a cambios sin aviso previo.
Impuestos de ventas aplican en N.Y.

SPN-03   ©2003 Harlequin Enterprises Limited

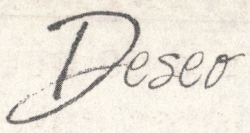

ENAMORADA DEL CHICO MALO

HEIDI RICE

El oscuro, inquietante e increíblemente atractivo Monroe Latimer podía estar con la mujer que quisiera, pero no se comprometía con ninguna. En cuanto lo vio, Jessie Connor supo que debía mantener las distancias con él. Pero había un problema: que la excitaba más de lo que la había excitado ningún hombre y que, por si eso fuera poco, se había convertido en el objetivo de sus preciosos ojos azules.

Jessie sabía que se acostaría con ella, pero también que no le podía ofrecer una relación estable. ¿Cambiaría Monroe cuando supiera que se había quedado embarazada?

Se había encaprichado de él

¡YA EN TU PUNTO DE VENTA!

¿En la prosperidad y en la adversidad?

«Abandono». La palabra se le atragantaba a Isobel Blake. ¿Cómo se atrevía el marqués Constantin de Severino a acusarla de haberlo abandonado? Su boda había sido precipitada, pero la pérdida de su hija había destrozado a Isobel, que no había encontrado ningún apoyo en él.

Después de haber reconstruido su vida, Isobel tenía que intentar valerse de su nueva seguridad en sí misma para enfrentarse a su poderoso esposo y divorciarse como iguales. Pero, al volver a ver a Constantin, la tentación de llevar de nuevo la alianza matrimonial fue insuperable.

Isobel debía decidir, al tiempo que salían a la luz secretos largo tiempo ocultos, si Constantin seguía siendo suyo.

En la prosperidad y en la adversidad

Chantelle Shaw

¡YA EN TU PUNTO DE VENTA!